河出文庫

華やかな食物誌

澁澤龍彦

kawade bunko

河出書房新社

目次

III

IV

華やかな食物誌

I

華やかな食物誌

ローマの饗宴

漱石の『吾輩は猫である』のなかに、次のような文章がある。第二章、迷亭先生の手紙のなかの一節である。

「この孔雀の舌の料理は往昔ローマ全盛のみぎり、一時非常に流行いたし候ものにて、豪奢風流の極度と平生よりひそかに食指を動かしおり候次第御諒承くださるべく候……」

迷亭先生の手紙には、このあとローマ貴族たちの豪奢な宴会の習慣――たとえば胃腸を常態に保持するため、食後に必ず入浴し、食べたものを吐き出して、胃のなかを掃除するといったようなことが、おもしろおかしく書かれている。ともかく名高い漱石の『猫』によって、いわゆるローマの大饗宴といった観念が、明治以来のわが国の読書人たちの頭のなかに刻みこまれてしまったことは事実であろう。『猫』も、とんだ役割をはたしたものである。

迷亭先生のいうように、ローマの文人たちの詩文を読んでも、たしかに孔雀のことはよく出てくる。美しく派手派手しい鳥である孔雀は、贅沢な料理の代表として知られていたのであろう。ただし、味の点ではそれほど珍重すべきものでもなかったらしく、ホラティウスのごときは、鶏とくらべて大した違いはないと述べている。さもありなんと思われる。迷亭先生の手紙には孔雀の舌とあるが、舌よりもむしろ脳髄あるいは卵のほうが好まれたのではないだろうか。

舌といえば、哲学者セネカによって「王者の奢侈」「途方もない贅沢」とされた紅鶴の舌のほうが有名である。紅鶴はラテン語でポエニコプテルスだ。「最高の美食家であったアピキウスは、ポエニコプテルスの舌に絶妙の味があることを教えてくれた」と書いているのは『博物誌』の作者プリニウスである。私たちは現在でも、フランス料理やイタリア料理で、牛の脳髄や牛の舌を食うが、どうも孔雀や紅鶴のような鳥の脳髄や鳥の舌が、それほど美味であるとは考えにくい。

しかしローマ人にとっては、この鳥の脳髄や鳥の舌がどうやら固定観念になっていたらしく、乱行と放蕩の末に十八歳で殺された少年皇帝ヘリオガバルスのごときは、或る日、こんな命令を臣下にくだしたという。

「リディア（小アジア西部の地方）へ猟師を派遣せよ。そしてフェニックスを捕えてまいれ。首尾よく捕えてきた者には黄金二百金をあたえるであろう。余はフェニックスの脳髄が食いたいのじゃ。」

フェニックス（不死鳥）といえば、読者も御存じの通り想像上の鳥である。お伽話の中ならばともかく、現実にこんな鳥がいるわけはない。いかにローマ皇帝に絶大の権力があったにせよ、こればかりは地上の権力では如何ともしがたく、だれもフェニックスを捕えてくる者はなかった。仕方がないから、ヘリオガバルスはフェニックスをあきらめ、そのかわり駝鳥の脳髄で満足することにしたそうである。それまでローマ広しといえども、さすがに駝鳥の脳髄を試食した者はひとりもいなかった。悪食《あくじき》もここにきわまれりというべきであろう。はたして美味であったかどうか、それは伝えられていないから分らない。

そのほかにも、食卓の放蕩ともいうべき贅沢な料理の例は、数えあげれば切りがないほど見つかる。できるだけ遠い土地で産する食物が、とくに珍重されたのである。有名なところで、ラヴェンナのアスパラガス、タラントの牡蠣《かき》、シチリアの穴子《あなご》、コルシカの鯔《ぼら》、イオニアの山鳥、エスパニアの蜂蜜、ガリアの去勢鶏、シリアの梨、ヌミディアの雌鶏、アフリカの松露《しょうろ》、ミセヌムの海胆《うに》がある。かように、つねに食物と産地とは結びついていたのだった。

穴子について述べれば、これにも悪名高いエピソードがある。アウグストゥス帝の時代、美食家として鳴らしたウェディウス・ポリオという者がいた。或る日、ポリオの邸に呼ばれて皇帝が食事をしていると、給仕をしていた奴隷がコップを割ってしまった。するとポリオは腹を立て、皇帝の見ている前で、その奴隷を穴子の群れている生簀《いけす》のなかに投げこんだのである。じつは、このポリオという男、常日ごろから奴隷の肉で穴子を飼育していたのだった。知らずに穴子の料理を食わされてしまった皇帝こそ、いい面の皮であろう。

魚の話が出たついでに、もう一つ、ローマ人が大そう好んだらしいスカルスという魚のことを述べておこう。プリニウスによると、「今日ではスカルスに第一等の折紙がつけられている。反芻する唯一の魚で、他の魚類を食うことなく、草を食うといわれている。カルパトス海（トルコとクレタ島のあいだの海）にもっとも普通に産する」という。これだけでは、いったいどんな魚か、私たちには一向に判然としない。邦訳アリストテレス全集によると、スカルスにはオウムウオという名が宛てられており、北隆館の動物図鑑ではブダイ（武鯛）となっている。どうやらベラに近い魚らしく、ローマ人はこの魚の内臓、とくに肝臓を主として賞味したようである。「スカルスによく似た料理は一つしかない。カワメンタイの肝臓だ」とプリニウスがいっているから、まあ鱈《たら》の内臓みたいなものだと思えばよいかもしれない。あまり美味そうにも思えないが、美食に飽きた通人が、こんなものを食って喜んでいたのであろう。

いかもの食いに属するような料理の例をあげれば、まず駱駝の踵《かかと》、八目鰻の白子《しらこ》、孔雀の卵、雉子《きじ》のソーセージ、それに先ほど挙げた紅鶴の舌などが横綱級であろう。要するに、遠隔の土地に産する珍らしいもの、値段の高価なものが文句なしに珍重されたのである。駱駝はヨーロッパにはいないから、どうしても金と労力をかけて中近東から運んでこなければならない。しかも、その踵は身体のなかのほんの一部である。それだけで通人やスノッブを喜ばせるに足りたのである。

さらに奇妙な料理の例をいくつかお目にかけよう。すなわち、罌粟《けし》の粒をまぶした大山鼠《おおやまね》の細切り、ガルム（のちに説明する）に浸けた針鼠、似鯉《にごい》の内臓、鶫《つぐみ》の脳髄、牝豚の乳房と子宮の煮こみ、それに生きた雄鶏の頭から切りとった鶏冠《とさか》など。史家ランプリディウスによれば、ヘリオガバルス帝はしばしば駱駝の踵や、この雄鶏の鶏冠などを賞味したという。いったい、こんな奇妙なものを食って胃がおかしくはならないのだろうかと心配にもなってくる。ローマ人は舌が非常に発達していたから、日本人のように、魚を生で食うということも平気だったらしく、この雄鶏の鶏冠なども、おそらくは生で食ったのではないかと想像される。

ガルムというのは、鯖《さば》の内臓と生き血から製した一種のソースで、いろんな種類といろんな品質とがあり、ローマ人の食事には欠かせない大事な調味料だった。わが国の塩辛みたいにして製したものらしく、似たような例を今日に求めるならば、さしずめアンチョビー・ソースを思い出せばよいであろう。生牡蠣などを食う場合には、このガルムの汁にちょっと浸して食べると、格段に味がよくなる。そのほか、どんな料理にでも調味料として応用することができたようだ。

ペトロニウスの『サテュリコン』第二部「トリマルキオーの饗宴」のなかに、次のような一節がある。ガルムが出てくるから、御参考のために引用しておこう。

「四人の奴隷が音楽の演奏に合わせて踊りながら進み出ると、盆の上の部分をとり除いた。するとその下にはもう一つの皿があって、ふとった雄鶏と牝豚の乳房と、さらに中央には天馬《ペガスス》に見える翼をはやした野兎が現われた。よく見ると、盆の隅には四つのマルシュアース（半獣神）の像があって、そのおちんちんからは、胡椒をきかしたガルムが流れ出、ちょうど堀に泳いででもいるような恰好の魚の上に注いでいた。私たち一同は、奴隷どもの始めた拍手に和して、笑いながら、この飛びきり上等の御馳走に近寄った。」

これはもちろん小説だから、実際以上におもしろく筆を弄しているのかもしれないが、しかしこれと似たような光景は、ローマ皇帝や貴族たちの繰りひろげる豪華な宴席で、たぶんしばしば見られたのではないかと思われる。小便小僧みたいに、半獣神像の男根からちょろちょろ流れ出るガルムとは、なかなか愉快な思いつきではあるまいか。

ローマの美食家として歴史に名をとどめた人物のなかで、まず第一に指を屈すべきはルクルス、それからアピキウスであろう。ルクルスについてはしばらく措き、ここではアピキウスのことを語ろう。

古文献に名前が残っているアピキウスには四人あって、四人とも美食家として名高い。いわばアピキウス家は代々、美食家の家系なのであった。まず第一のアピキウスは、共和政最後の時代、すなわちスラ統領の時代のひとである。第二のアピキウス、正しくはマルクス・ガビウス・アピキウスがもっとも名高く、アウグストゥス帝およびティベリウス帝の治下にいたひとである。第三のアピキウスは、有名な料理書を書き、そのなかでクラウディウス帝の饗宴の思い出を語ったひと。そして第四のアピキウスは、トラヤヌス帝時代に生きたひとである。

いちばん有名な、ティベリウス帝時代に生きたアピキウスは、巨万の富を擁して奢りをきわめ、いくつかの新しい料理法を発明したといわれている。たとえばチーズ・ケーキで、彼の名にちなんで「アピキウスのチーズ・ケーキ」と呼ばれた。主としてカンパニア地方のミントゥルナエ（現在のミントゥルノ）という町に住み、食事に数万ドラクマの金を費したという。ミントゥルナエはナポリの北方、ティレニア海にのぞんだ港町であるから、魚をはじめ海産物が豊富に獲れる。とくに彼は海老《えび》を好んで食べたが、この地の海老はスミルナ産のものよりはるかに大きく、また名高いアレクサンドレイア産の蟹《かに》よりも大きなものだった。

アピキウスは或る日、アフリカ産の海老はもっと大きいという話を聞くと、矢も楯もたまらなくなって、ただちに船の用意をして出発した。地中海を横ぎって、ようやくアフリカ海岸へくると、漁師たちがてんでに小舟に乗って、彼の船の近くへきて、それぞれ自慢の見事な海老を見せるのだった。アピキウスはそれをつくづく見て、

「もっと大きなやつはないのかね。」

漁師たち一同は答えて、

「いちばん立派なやつを持参いたしましたので、これ以上のものは、ちょっと当地にはございません。」

するとアピキウスは、陸地には見向きもせず、ただちに引き返すよう船長に命ずると、そのまま同じ航路をまっすぐイタリアめざして帰って行った。故国ミントゥルナエの海老にくらべて、アフリカ産のものが、それほど大きいとも思えなかったからである。飽くなき探求心をもった美食家の面目、まさに躍如たるものがあろう。

「多くの洗練された料理の創始者であったアピキウスは、ムルスをガルムのなかで死なせて、その肝臓から新たなソースを抜き出すのが、すぐれた料理法であると考えた」と語っているのは『博物誌』のプリニウスである。

いままでムルスについて述べていなかったように思うから、ここで、スカルスとならんでローマ人のもっとも好んだ、ムルスという魚について簡単にふれておこう。それは一説によると鯔《ぼら》だともいうし、ヒメジだともいう。どうもローマの魚を日本語の正式の名前に置き代えるのは、なかなかむずかしいようで、呼称が一定しないのである。面倒くさいから、ここではラテン語のムルスをそのまま採用しておくことにしよう。

ムルスもやはり大きな種類のものが喜ばれたらしく、特別に大きなムルスは非常に高価で、奴隷ひとりの値段に近いものさえあったようだ。髯のはえた魚で、生簀のなかで飼われているうちに、ばかばかしく大きく育ったというから、ずいぶん気味がわるかったにちがいない。「食通の語るところによれば、ムルスは死ぬ時にさまざまに色が変る。とくにガラスの水槽のなかで観察していると、赤い鱗が徐々に変質して、白っぽくなってゆくのが眺められる」とプリニウスは書いている。こうしてみると、どうやらムルスは鯔ではなくて、明らかにヒメジではないかと思われる。鱗が赤くて、長い顎髯をはやしているのはヒメジにほかならないからだ。日本語の文献では多く鯔と訳されているが、これは間違っているのと考えたほうがいいだろう。

プリニウスはガラスの水槽と書いているが、養殖のムルスを美しいガラスの瓶のなかで泳がせ、客の目の前に置いて観賞させるというような習慣もあったようである。魚は次第に弱って死んでゆく。それとともに、魚の色も次第に変ってゆく。列席の客たちは、瀕死の魚をじっと見守っている。それぞれ自分の魚をきめ、自分の魚がいちばん高く、いちばん遠くに跳ね出した者が、幸運だとされたわけである。ローマの貴族たちはよほど退屈だったと見えて、こんなばかげたゲームにふけっていたのだった。

セネカやマルティアリスの語っているところによると、ムルスの肝臓からソースを抜き出す方法を考案した、この天才的な食通と謳われたアピキウスは、長年のあいだ、食事のために莫大な金を費しつづけた。そして、そのあげく、ついに勘定の時がきて、自分のふところにわずか一千万セステルスしか残っていないことを知ると、彼は今後、もはやこれまで通りの贅沢な食事を工夫することが不可能になったのを察した。もう生きている意味がない、と彼は思った。そこで、友人知己をあつめて最後の饗宴を行って、その席で、みずから毒をあおいで死んだのである。かつて自分が観察したことのある、例のガラス瓶のなかの高価な魚ムルスのように、ひっそりと上手に死んでいったわけだった。

いくら思い通りの美食ができないといっても、まだ自分の手もとに一千万セステルスもの金が残っていたのだから、一般人にくらべればはるかに金持であるし、常識で考えれば、死なければならない理由はなにもなかったわけで、このアピキウスの自殺は、いわば美食に殉じた死とでも名づけることができようか。頽廃の極にあったローマの貴族でもなければ、とても考えられない死に方であろう。こんな死に方をした人間は、おそらく世界の歴史上にひとりもいないであろう。

第三のアピキウスが書いたとされる有名な料理の本は、ウィトルウィウスの『建築十書』のように、一般に『料理十書』の名で呼ばれている。貴族の邸に奉公する料理人のために、さまざまな料理法を著者が解説した本で、現在でも十分に役に立つだろう。ベルトラン・ゲガンというひとの手になる仏訳があるから、ためしに一部を御紹介しておこう。松の実入りの若鶏の葡萄酒煮である。

「ガルムと油と葡萄酒を混ぜたソースで若鶏を煮こむ。青い韮《にら》とコエンドロと紫蘇《しそ》を一つまみ入れて味をつける。若鶏が煮えたら、乳鉢のなかで胡椒と松の実を磨《す》りつぶす。この香辛料にコップ二杯の出し汁を加え、それに牛乳を足して、よく混ぜ合わせる。それから、このソースを若鶏に注いで煮る。かき混ぜた卵の白身でとろ味のソースをつくる。若鶏を皿に盛りつけて、このソースをかける。このソースはホワイト・ソースと呼ばれる。」

第四のアピキウスは牡蠣の貯蔵法の創始者とされているが、彼にも一つのエピソードがある。トラヤヌス帝がパルティア（カスピ海の東南地方）に遠征していた時のことである。パルティアは海からはるかに隔った土地なので、新鮮な海産物を食いたくても食うことができない。そのとき、アピキウスが独特な秘法によって貯蔵した、新鮮な牡蠣を皇帝のところまで送ったのである。それがどんな秘法だったかは残念ながら伝えられていないが、暑い国で弱っていた皇帝が、大いに喜んだであろうことは容易に想像されるだろう。

第三のアピキウスの『料理十書』にも牡蠣の貯蔵法は出てくるが、この方法では、とてもローマからパルティアまでの長途の輸送には堪えられそうもない。すなわち、「酢樽を松脂で燻蒸し、酢でよく洗ったのち、牡蠣をそのなかへ積み重ねよ」というのである。これではあまりに簡単すぎる。なにしろ途中の中近東は暑いのである。牡蠣はたちまち腐ってしまうだろう。おそらく第四のアピキウスは、第三のアピキウスが実現しえなかった、さらに効果的な貯蔵法を考察していたのにちがいあるまい。

アピキウス一族をのぞけば、ローマでもっとも美食を楽しんでいたのは、いうまでもなく最高権力の座についていた皇帝たちの一族だったはずである。とくにスエトニウスの筆で描かれたウィテリウス帝やクラウディウス帝の食道楽が有名だが、もっとも傍若無人な横紙やぶりを押し通して全ローマを驚倒させたのは、前にも述べた少年皇帝ヘリオガバルスだったであろう。

クレオパトラやカリグラの故智にならって、皇帝ヘリオガバルスは、豌豆《えんどう》に黄金の細粒を混ぜて食ったといわれている。クレオパトラが真珠を酢で溶かして飲んだ話はよく知られているが、彼もまた、琥珀入りの蠶豆《そらまめ》だの真珠を混ぜた米だのを好んで食ったのだった。これらはすべて性欲増進剤、一種の媚薬と考えられていたのである。まあ不老不死の仙薬みたいなもので、実際に効果があるかどうかは大いに疑問であろう。フェニックスを食ってみたいという皇帝の気まぐれな夢想も、もしかしたら、こうした不可能を求める飽くなき人間の執念だったのかもしれない。しかも、それが二十歳にも満たぬ少年の野望だったのだから、私たちとしては恐れ入るよりほかあるまい。

ローマの大饗宴も、ここまで行くと、食道楽とか美食とかいった趣味の段階をはるかに越えて、宗教と哲学を綯《な》い交ぜにした、幻想の領域に突入するかのような観がある。美食のために自殺をしたアピキウスの心意気も壮烈だが、フェニックスを食うことを夢想したヘリオガバルスの精神も、したたかなものだと思わざるをえない。

『猫』の迷亭先生は「二十世紀の今日交通の頻繁、宴会の増加は申すまでもなく、軍国多事征露の第二年とも相成り候おりから、吾人戦勝国の国民は、ぜひともローマ人にならってこの入浴嘔吐の術を研究せざるべからざる機会に到着いたし候ことと自信いたし候」と書いたが、第二次大戦後の経済大国の国民になっても、淡泊な日本人にはなかなかローマ人の真似は無理のような気がする。

フランスの宮廷と美食家たち

フランス料理の歴史は古いが、今日におけるような食事の形式が確立されたのは、それほど古いことではないらしい。早い話が、フォークを使うようになったのは十六世紀からだというし、ギャルソンが料理を皿に盛ったり、空になった皿を下げたりするような、いわゆる食卓のサービスが行われるようになったのは、近代になってレストランが誕生してから以後のことだという。それまでは、皿を取り替えることもなく、料理は自分で立って取りに行かなければならなかった。現在のビュッフェ・スタイルに近いもので、そのほうが形式としては古かったのである。

あのヴェルサイユ宮殿に君臨した太陽王、ブルボン家のルイ十四世も、フォークを使うのを面倒くさがって、手で食べる癖をなかなか改めなかったというから、ちょっと信じられないような話ではないか。ロココ時代の華やかな宮廷生活も、裏から眺めれば、こんな野蛮人のようなテーブルマナーが堂々とまかり通っていたのである。日本では、八世紀の奈良時代からすでに箸が登場しているから、その点ではずっと文明的であろう。

現在では鴨料理で有名なレストラン「ラ・トゥール・ダルジャン」は、おそらく十六世紀当時からつづいている、もっとも歴史の古いパリのレストランの一つであるが、この店で初めてフォークが使われたのだという説がある。アンリ三世の宮廷貴族たちが、糊のきいた襞襟《ひだえり》の衣服を着たまま、食物を口まで運ぶことができるようにと、店主が柄の長いフォークをつくらせたわけだった。そのころ、この店で出していた名物の料理といえば、二十日鼠《はつかねずみ》のパイ、蛇と海豚《いるか》と白鳥のミックスト・パイ、それに梅の実をつめた鶴の料理だったというから、どうも私たちにはあまりぞっとしないものばかりである。

どんな料理史の本を見ても必ず特筆してある、フランス料理の歴史における一大革新の時期は、メディチ家のカトリーヌがアンリ二世の王妃として、イタリアのフィレンツェから嫁いできた時期だったようである。王妃カトリーヌがフランスの宮廷にはいった一五三三年十月二十日は、フランス料理の歴史の上で重大な日なのである。

当時の先進国であったイタリアから、カトリーヌは料理人、菓子職人、酒造業者などをごっそり連れてきた。彼女はまだ十四歳だったが、食道楽にかけては恐るべき剛の者で、粗野なパリの宮廷人士たちを仰天させたのである。

彼女の大食らいは有名で、いつも腹が裂けるほど食べ、慢性の下痢に悩んでいたという。大好物はアーティチョーク（朝鮮あざみ）の蕾と、雄鶏の鶏冠《とさか》と腎臓だったというから、これでは腹をこわすのも無理はないというべきかもしれない。

イタリア人のもたらした新しい料理や菓子のなかでも、とりわけフランス人を茫然自失たらしめたのはシャーベットだったらしい。あの食後に食べる色さまざまな氷菓子である。フランス人はそれまで、そんなものを見たことも食ったこともなかったのである。むろん、まだ電気もフリーザーもなかった時代だから、それほど簡単にシャーベットを大量生産するわけにはいかない。じつは、メディチ家の城の地下には氷室があって、はるばるノルウェーから船で運ばれてきた氷がいつも貯蔵されていた。そんなわけで、四季を分かず、シャーベットの製造が可能だったのだ。この習慣を、フランスの王室がさっそく真似たのは申すまでもあるまい。

カトリーヌ・ド・メディチの豪奢な食生活について語っていたら、いくら枚数を費しても切りがないだろうから、話を次へすすめて、フランスの十七世紀に移ろう。ともかくもイタリア風の料理を賞味することによって、この時代には、粗野だったフランス人の舌もようやく洗練されてきたのである。

ルイ十三世は、自分で自分の料理人を勤めていた。もっとも、これは王さまの道楽というよりも、むしろ毒殺に対する恐怖からといったほうが正しいだろう。なにしろ彼の父のアンリ四世は、十七回も毒殺の危険にさらされたのである。また当時の宰相リシュリューが周囲にたくさん猫を飼っていたのは、単に彼が猫好きであったためばかりでなく、この動物によって食物の毒味をさせるためでもあった。それほど、この時代には毒殺の恐怖がひろく行きわたっていたのである。

しかし毒殺の問題を別にしても、晩餐の料理を自分で調理することが、十七世紀当時、王侯貴族のあいだで一種の流行になっていたことは確かであったらしい。リシュリュー・ソースという名前で今日も通用しているように、宰相リシュリューは、卵と油で造った一種のマヨネーズ・ソースを発明している。必ずしも王侯貴族みずからが発明しなくても、彼らに仕えるコックが新しい料理を考案し、これに主人の名前をつけるという場合もあった。こうしてポタージュ・ポンパドゥールだとか、ベルニ枢機卿風クレープだとかいった新発明がぞくぞく生まれたのである。

そのなかでも、いちばん有名なのはベシャメル・ソースではないだろうか。ベシャメル侯爵はルイ十四世治下の財政家で、料理に関する卓越した趣味の持主だったというが、自分の名を冠したソースを発明することによって、世界の料理史上に不朽の名を残してしまったのである。

前にも述べたように、手づかみで料理をむしゃむしゃ食っていたルイ十四世は、恐るべき健啖家だったようである。毒殺を恐れてびくびくしていた父のように、彼は臆病ではなかった。当時のメニューも残っているが、あんまり盛りだくさんなので、いちいちここに引用するわけにはいかないほどである。それに、八コースで計六十四皿を数えるフルコースを、王がひとりで全部食べたとは、とても信じられないのである。ローマ人のように鶩鳥の羽根を咽喉の奥に突っこんで、たびたび胃洗滌を行いながら、王は一日に三回ないし四回食事をしたという。一度の食事で、王がスープ四皿、雉一羽、鷓鴣《しゃこ》一羽、サラダ大皿一杯、にんにくで煮た羊肉、ハムの大切れ二枚、菓子一皿、それに果物とジャムを平らげるのを見たという証言もある。太陽王の名にふさわしく、どうやら食事においてもまさに超人的な人物だったようである。

この当時の料理人として、料理史上に不朽の名前をとどめているのは、コンデ公お抱えの司厨長ヴァテルであろう。一六七一年、ルイ十四世がシャンティーのコンデ公の城に迎えられたとき、晩餐会で肉が少々不足した。その翌日は精進日だったが、注文しておいた魚が時間通りに届かなかった。重ね重ねの失敗に責任を感じて、ヴァテルは剣でその身を刺しつらぬいて自殺したのである。彼はおそらく芸術家のように自尊心の高い男で、自分の作品に少しでも手違いが生ずるのを我慢できなかったのであろう。

ローマのアピキウスは、財産が少なくなり、もはや従前通りの美食の生活を維持できなくなったことを知って、自殺したわけであるが、このヴァテルは、他人のために提供する自作の料理が、望みのままの満足すべき状態になかったことを遺憾として、自殺したのである。美食のために自殺した点では同じであるが、それぞれの立場は、大いに違うと考えてよかろう。もっとも、ヴァテルの自殺については異説もあって、彼はコンデ公女の女官のひとりに熱い想いを寄せており、その恋がかなえられなくて死んだのだともいう。しかし私たちとしては、料理人としての誇りから決然として自分のいのちを絶った、いささか古風で英雄的なヴァテルの思い出を大事にしていきたいと思う。

この時代の料理のヴァラエティーが豊富になったことについては、新大陸の発見という事実を無視するわけにはいくまい。あの美食の追求に熱心だったローマ人も、カカオや、玉蜀黍《とうもろこし》や、じゃがいもなどは、一度として口にしたことがなかったのである。あの知識欲の旺盛な『博物誌』の著者プリニウスも、七面鳥に関しては一言半句の記載もしていないのである。それも当然で、これらの新しい食物は、いずれも南アメリカあるいはメキシコから、少なくとも十六世紀以後にヨーロッパに船載されたのだった。

アメリカ植民地から伝わったあらゆるものに対する、フランス人の関心は急調子で高まった。玉蜀黍のプディングや七面鳥のロースト料理などが出ると、どんな食卓でも気がきいて見えた。そして、このような料理の値段はたちまち数倍にはねあがって、ほとんどトリュッフと同じくらいに高価になった。すると、だれか頭のいいやつが、この七面鳥とトリュッフという二つの貴重品を結びつけることを考え出したのである。どこの世界にも、抜けめのないやつがいるものだ。

七面鳥がこれほどまでに流行したことについては、この鳥の羽根をむしってしまうと、孔雀に似ているところに原因していたのではあるまいか、という説がある。本当かどうか知らないが、孔雀に執着していたローマ人に見せたら、あるいは随喜の涙をこぼしたかもしれない。

例の『美味礼讃』の著者ブリア・サヴァランもしきりに書いているが、このトリュッフ詰め七面鳥の嵐が、一時期、パリの都を吹きまくったそうである。「これこそ、その現われ出づるや、あらゆる種類のグルマンたちの目をきらめかせ、その頰をほころばせ、彼らを欣喜雀躍させた恵みの星である」とサヴァランは書いている。まるで一種の伝染病のような勢いで、宮廷や貴族はいうまでもなく、中産階級から商店主や馬車の御者にいたるまでが、トリュッフ詰め七面鳥に対する気違いじみた食欲に取り憑かれてしまったという。

ここで私がわざわざ説明する必要もあるまいが、念のために述べておくと、このトリュッフというのは、フランス特産の小さな円い茸《きのこ》である。表面は黒褐色で、ぶつぶつした隆起が密生している。柏《かしわ》の林のなかの土中に生ずるから、見つけにくく、豚や犬の嗅覚を利用して採取することは、よく知られていよう。形はやや似ているが、日本の松露とはまったく違う。「最上のトリュッフはペリゴールおよびプロヴァンスの山から出る」とサヴァランが書いている、「ブルゴーニュやドーフィネ地方のトリュッフはずっと品が落ちる。それは固くてうま味がない。だからトリュッフ、トリュッフというけれど、ピンからキリまである」と。

トリュッフ詰め七面鳥が大いに流行し、パリ中の人士が血まなこになってトリュッフを探し求めた結果、やがて次第にトリュッフが欠乏してくると、パリの市内を運ぶ時には武装した護衛がついたそうだ。こうなると、たかが茸といえども重要人物なみである。

茸を好んだことにかけては、ローマ人も決してフランス人に引けをとらないだろうが、彼らがもっとも喜んだのは、ラテン語でボレトゥスと呼ばれたところの茸だった。日本語では、ヌメリイグチタケと称するらしい。ハラタケ、アミタケなどに近い種類のようである。ユウェナリスやマルティアリスによると、ボレトゥスはよほど貴重な珍味だったらしく、ひとたび味をおぼえたら、その誘惑に抗するのはほとんど不可能だともいう。トリュ

ブリア・サヴァランの肖像

ッフとはまったく別の種類であるが、しかしプリニウスの意見では、或る種のボレトゥスはトリュッフに似ているともいうから、話がややこしくなってくる。次にプリニウスの問題の個所を引用してみよう。

「或る種の有毒のボレトゥスは、その薄い赤色や、黴《かび》のはえた外観や、内側のどす黒さや、亀裂のはいった菌褶《きんしゅう》や、傘のまわりの白っぽさなどによって、容易に見分けがつく。別の種類のものには、この特徴がない。それらは乾いていて、トリュッフに似ており、傘の上に被膜から生じた白い斑点のようなものがある。実際、まず地面から菌包が生じ、次に卵のなかの黄身のように、菌包のなかにボレトゥスが生じるのである。この被膜は、若いボレトゥスの栄養摂取のために役に立つ。」

これだけではよく分らないが、おそらくプリニウスは、単に形の上からボレトゥスとトリュッフとを比較したまでのことだったのではないか。どうも私には、そんな気がしてならないのである。ここでは、いずれにせよボレトゥスとトリュッフとが完全に別物であるということを確認しておけばよかろう。

「ローマ人はトリュッフを知っていたが、どうもフランスのトリュッフが彼らの食卓にのぼったとは思われない。彼らが珍味として重んじたそれは、ギリシア、アフリカ、ことにリビア地方から来たものであった。その身は白くて赤みをおび、なかでもリビア産のものが、味の上でも香りの上でもいちばん珍重された」とブリア・サヴァランは書いているが、少なくとも私の知るかぎり、トリュッフよりはボレトゥスのほうがローマ人には珍重されたのである。

おもしろいのは、このトリュッフにエロティックな効能があると信じられていたことであろう。つまり、閨房のための媚薬的な効果があると考えられていたのだ。それだからこそ、宮廷文化の爛熟した十七、八世紀のフランスで、トリュッフがあれほど珍重されたのではなかったろうか。サヴァランも、それについては同じ意見のようだ。

サヴァランは、一つのエピソードを語っている。すなわち、たまたま御亭主が仕事の上で外出しなければならなくなったので、或る貞淑な中年の御婦人が、男ぶりのよい機知のある御亭主の友達と、自宅で差し向いで食事をするというめぐり合わせになってしまった。食事は軽いものだったが、すばらしいトリュッフ添え鳥料理が中心になっていた。彼女は用心して、お酒もシャンパン一杯だけでやめておいた。しかし御亭主が中座して二人きりになると、話がはずんでおもしろくなり、やがて御亭主の友達は、本気になって彼女をくどきはじめたのである。「そこでわたしははっと夢からさめたのです」と彼女はサヴァランに告白したという、「なんと申しましょうかねえ、結局トリュッフのせいでございますわ。わたしはほんとうにトリュッフがわたしを危険な気持にさせたんだと信じております。」

さて、トリュッフの話ばかり書いていても仕方がないから、ここらで話題を変えることにしよう。

ルイ十三世は毒殺恐怖症、そしてルイ十四世は恐るべき健啖家であったが、ルイ十五世は美食家であった。自分でも実際に料理をつくることを好み、招待客と一緒になって、いろんな料理に腕をふるう夕食会を催したりした。ポンパドゥール夫人もこれに参加したことであろう。若鶏のめぼうき煮、オムレツ、卵のフライなどが王の得意のレパートリーだったという。

一方、ルイ十六世は名だたる食いしんぼうだった。たまたまフランス大革命に際会したために、彼は多くのパンフレットのなかで、さんざんにこきおろされて、非常に損な役まわりを演じなければならなくなってしまったわけで、ルイ十六世といえばグルマン（食いしんぼう）というのが世間の通り相場になってしまったのである。王が国外亡命の途中、ヴァレンヌで捕えられ、乾物屋の町長ソースの家に連れて行かれたのは有名な革命史上のエピソードであるが、この時も彼は食べるものがほしいといい出し、パンとチーズと、それに一本のブルゴーニュ酒とを手に入れた。そして我を忘れてむしゃむしゃ食っているとき、王権停止の政命をもった急使がパリから飛んできたというわけである。

「ああ、フランスに王がなくなったか」とルイ十六世は長嘆息した。それから、こうつぶやいた。「この酒は、いままで飲んだうちでいちばん良いブルゴーニュだ。」

ルイ十六世は葡萄酒マニアで、酒の鑑定にかけては玄人はだしだったといわれているので、こんな逸話が生まれたのであろう。グルマン王の面目躍如といったところだ。

マリー・アントワネットは、天気のよい日には毎日数時間ずつ、お付きの女官とともに、庭に出て牛の乳しぼりをやったといわれている。ひらひらした美しい衣裳をつけ、象牙の腰掛けに腰をおろし、香水をふりかけた牛から乳をしぼる。それから小さな銀の攪拌器で、両腕が疲れるまで、しぼった牛乳を丹念にかきまわす。なんと優雅な乳しぼり女であろう。

こうして革命が起る。ナポレオンが登場する。すでに時代は十九世紀である。ところで、ナポレオン自身は美食家という見地から眺めると、ほとんど取るに足りない男であったようだ。タレーラン公爵の司厨長としてウィーン会議の舞台裏で活躍した、名声ならぶ者なき料理人の王者アントワーヌ・カレームが、かつてナポレオンを「まったく下司な食い手だ」と酷評したことは有名である。

タレーランは申すまでもなく外交官であるが、国際政治のかけひきの手段として、大いに料理を利用したという点において特筆すべき人物でもあろう。彼は、この時代の第一級の食通であった。十八世紀の生き残りのようなエピキュリアンでもあった。ウィーン会議で、彼は列国の代表にフランス料理のすばらしさと、それを作る料理人カレームの腕の良さとを十分に認識させた。敗戦国フランスが外交で勝利をおさめるために、カレームの料理を効果あらしめたのである。カレームのほうも、その点は心得たもので、主人とともに見事な二人三脚を演じたのだった。

十八世紀から十九世紀へかけての傑出した料理人、ないし料理研究家としては、いま述べたカレームのほかにも、グリモ・ド・ラ・レニエールやブリア・サヴァランが数えられる。

時代はずっと下って、十九世紀の終りから今世紀にかけては、オーギュスト・エスコフィエとプロスペル・モンターニュの両人が有名だ。キュルノンスキーの筆名で、美食に関する本をたくさん書いたモーリス・エドモン・サイヤンの名前も忘れるわけにはいくまい。一九二八年、彼はアカデミー・フランセーズに範をとった「美食家アカデミー」なるものを創立した。

どうも食通と称せられる人物は長生きするものらしく、グリモ・ド・ラ・レニエールは八十歳、エスコフィエは八十九歳、モンターニュは八十四歳、キュルノンスキーも八十四歳で死んでいる。タレーラン公爵も八十四歳の長寿を全うしている。これはいったいどういう理由によるものだろうか。

グリモの午餐会

美食学《ガストロノミー》とは、必要を快楽に変えるための技術である、といえばいえるかもしれない。食わなければ死んでしまうから、人間だれしも食うことは食うが、ただ胃袋の必要を満たすために、動物のようにがつがつ食うだけでは、美食とはなんの関係もない。その点では、エロティシズムも似たようなもので、ただ性的欲望を満たすために男女が結びつくだけでは、動物とまったく変らないのである。エロティシズムが成立するためには、私たちの想像力が関与しなければならないし、反省的機能がはたらかなければならない。美食においても同様であろう。

文明が爛熟してくると、エロティシズムがしばしば極端をめざすように、美食の道も奇に走るようになる。倒錯的な欲望や反自然の傾向が目ざめる。いや、私はべつに難解な美食哲学を語るつもりはないので、話をもっと具体的にしたほうがよいだろう。たとえば、世の美食家の珍重するフォワグラという珍味を考えてみるがよい。これは一種の肝臓病で、鵞鳥の肝臓を異常に肥大させるために、人工的に無理やり餌を食べさせた結果、生じたところのものである。残酷といったところで、どっちみち最後には食ってしまうのだから仕方がないが、よくまあ、こんなばかげた飼育法を考え出したものだと私たちはつくづく感心させられる。

ここに私が採りあげたいのは、ひたすら奇をめざした美食家である。一種のミスティフィカトゥール（韜晦趣味のひと）といってもよいほど、他人を驚かせたり煙に巻いたりすることを好んだ、風変りで辛辣な美味の探求者である。その名をグリモ・ド・ラ・レニエールという。一般に、美食家は寛大な気持にあふれ、ゆたかな人生哲学をもつ陽気な人物とされているようだが、グリモはこうした通念に反していた。順を追って述べよう。

バルタザール・グリモ・ド・ラ・レニエールは一七五八年、パリに生まれた。生まれた時から両手の指が癒着していて、指のあいだに家鴨の水かきのような膜があり、爪は獣の爪のように鋭かったという。そのため、いつも人造の指を装着していて、それをかくすために手袋をはめていた。しかし幼年時代からの訓練によって、驚くほど巧みに字を書いたり絵を描いたりすることができた。この不幸な生い立ちが、グリモの性格をゆがんだものにしたという説がある。

父は旧制度下に羽ぶりをきかせた徴税請負人で、莫大な財産をもっていたから、身分の低い平民の出であったにもかかわらず、オルレアンの司教の姪にあたる生粋の貴族の娘と結婚することができた。この母は貴族の家柄を鼻にかけた、尊大な冷たい性格の女で、息子に対する愛情もなく、食べることにしか興味のない、成り上り者の父をてんから軽蔑していた。グリモは、こうして物質的な富には恵まれながらも、愛情のない両親のもとで育つことになった。後年、彼が狷介なミスティフィカトゥールになったのも、こんな家庭環境の影響があったのではないか、というひとがいる。ただ一つ、美食に対する趣味だけを彼は父から譲り受けた。こんな冷たい家庭でも、舌の教育だけは最高だったわけだ。父はフォワグラの不消化が原因で死んだといわれているほどだから、まず当時としては、きわめつきの美食家だったと考えて差支えないだろう。

父の邸で、上品に着飾った貴族や貴婦人があつまって、豪華な晩餐会が催されたりすると、少年グリモはわざと仕立てのわるい粗末な服を着て、のこのこサロンにはいってゆくのだった。父の成金趣味や母の貴族趣味を嘲弄するために、わざと阿呆みたいな振舞いにおよんで、彼らを困らせてやろうという寸法である。グリモと握手したひとこそ災難で、彼はその生まれつきの鋭い爪で、血が出るまで相手の掌を握り返すのだった。食卓では、きまって無遠慮な大声で料理の品定めをやった。会食者たちは眉をひそめたが、彼は平然たるものだった。事実、ごく若いうちから料理にかけては一廉の見識をもっていて、父からあたえられた立派な幌つき四輪馬車で毎日のようにパリの中央市場へ通っては、自分で食糧品を見つくろってくるのが彼の趣味だったのである。

グリモが一躍有名になったのは、この父の邸で、みずから主宰して定期的に午餐会というものを催すようになってからである。それまでは、晩餐会というのは行われていたけれども、まだ午餐会という習慣はなく、それぞれ自宅で軽い食事をしているにすぎなかった。それを大がかりなものにしたのは、だからグリモの発明といってもよかった。グリモの主宰する午餐会は正午からはじまって、四時間におよんだという。

評判が高くなるにつれて、上流階級人士が争ってグリモの午餐会に列席したがったが、ひねくれ者のグリモは、彼らを意地わるく拒否するのだった。みずから「民衆の擁護者」と称していたように、グリモの貴族ぎらいは徹底していて、彼は自分の午餐会に貧乏な弁護士だとか、文学者だとか、俳優だとかいったひとたち、つまり平民階級のインテリしか呼ばなかった。いや、それどころか、時には召使や乞食も列席したというから、大革命前のパリの風俗としては、なんとしても破格な事件ではある。いい忘れたが、グリモ自身も

グリモ・ド・ラ・レニエールの肖像

表向きは弁護士の勉強をしていたのだった。

この午餐会は「哲学的午餐会」と呼ばれて、一週間に二回行われた。メニューもまことに変っていて、或る日のごときは白葡萄酒しか出なかった。また別の日には赤葡萄酒しか出なかった。そうかと思うと、魚ばかりの料理しか出ない日があったり、最初から最後まで牛肉の皿だけという日があったりした。さぞや列席者はうんざりしたことであろうが、なにしろ哲学的な午餐会なのだから文句をいっても仕方があるまい。またコーヒーを十七杯以上飲まなければならぬという規則があって、十七杯に達しないひとは追い出された。三十五杯まで飲んだひとがあったというから驚きである。江戸時代の随筆などを読んでいても、変なものをやたらに食ったひとの記録が出てくるが、どこの世界でも同じようなことを考えるひとがいるものだ。

しかしグリモ・ド・ラ・レニエールの企画した食卓の饗宴のなかでも、いちばん奇想天外で、ひとびとを啞然たらしめたのは、一七八三年二月一日のそれであったろう。フランス革命勃発の六年前で、そろそろ物情騒然としてきた時代のことである。「好色本はフランス大革命を準備した」というボードレールの言葉を思い出すならば、このグリモの食卓の饗宴も、あるいは同じような観点から眺めることができるかもしれない。とにかく、それは料理史上に残る事件となったのである。

或る日、パリに住む二十二人の人間が、死亡通知状にそっくりな、次のような奇妙な招待状を受けとった。

「来たる二月一日にバルタザール・グリモ・ド・ラ・レニエール氏によって行われる饗宴の野辺送りにぜひ御参列をお願いしたく存じます。夕刻の九時に御参集くだされば晩餐は十時より催します。当方にて召使は十分に揃えてお待ちいたしますゆえ下僕をお連れにならぬよう願いあげます。豚肉も油も不足なきよう取りはからいます。本状持参の方でないかぎり御入場は固くお断りします。」

場所は例によってグリモの父の邸だったので、少なくとも饗宴の行われる二月一日の朝から夜中まで、両親をどこか別の場所に追っぱらっておく必要があった。グリモは一計を案じた。父が大の雷ぎらいなのを知っていたので、今日は晩餐会の余興に雷そっくりな花火を打ちあげると告げたのである。父は驚いて邸から逃げ出してしまった。母に対しては、今日は中央市場の魚売り女を招待してあるので、きっと彼女たちが母上に挨拶にくるでしょうと告げた。魚くさい女たちの接吻を受けてはたまらない、というわけで、母も父と同様、あわてて馬車に乗って郊外の別荘へ避難してしまった。これで広い邸のなかにはだれもいなくなり、グリモは心置きなく自分勝手なことができるようになったわけである。両親がいなくなると、さっそく彼は三百人の室内装飾業者や大工や壁紙職人を呼んで、邸の内部をすっかり模様替えしてしまった。

定刻の九時になると、招待客がぽつぽつ参集してきた。すると制服を着た守衛が、彼らに次のような質問をするのだった。

「あなたは民衆の圧迫者ですか、それとも民衆の擁護者ですか。」

もちろん、後者の答えでなければ、邸内には入れてもらえないのである。まず最初に通されるのは武具室で、壁に剣だの短刀だのピストルだのが物々しく飾ってある。十五世紀の甲冑を着た伝令官が十人、手にトランペットをもって並んでいる。

次に通されるのは、赤い壁紙を張った薄暗い部屋で、二四の青銅製の怪獣の口から吹き出す焔によって、部屋ぜんたいがぼんやり照らされている。手に剣をもった戦士がひとり立っていて、試練を受ける勇気があるかと質問する。

勇気があると答えると、招待客はさらに次の部屋に通される。そこは裁判官の部屋に見立ててあって、テーブルの上に書類だの帳簿だのが山積みされており、テーブルの向うから法服を着た裁判官が、いかめしく職業や身分を述べることを要求する。これにいちいち答えなければいけないのである。

こうしてようやく最後の大広間に通される。しかし普段ならばシャンデリアが明るく輝いているはずなのに、広い部屋は無気味な髑髏の上に立てられた、たった四本の蠟燭によって照らされているばかりである。二人のマンドリン奏者が、気の滅入るような悲しい音楽を奏でている。部屋の中央では、グリモが親しげに客を迎えている。グリモの隣りには、美しいオペラ座の踊子シュザンヌ嬢がいる。彼女はグリモの公然の愛人で、この日、グリモは彼女のために、この奇妙奇天烈な宴会をひらいたのだった。

やがて食卓のととのったことを知らせる鐘が鳴ったが、その鐘は教会で葬式の時に打ち鳴らす鐘だった。悪趣味もここにきわまれり、というべきだろう。グリモは愛人に腕を貸すと、行列の先頭に立って、暗い廊下をしずしずと歩き出した。そのあいだ、絶えまなく鐘が鳴りつづけていた。食堂にくると、幕がぱっと上がって、すっかり用意のできたテーブルがあらわれた。食堂の壁紙は黒づくめで、ここも明りといえば数本の蠟燭しかなく、まるでお通夜の席にそっくりだった。しかもテーブルは柩をのせるための霊柩台であり、テーブルの上のコップは骨壺なのである。それでも食事はたいそう豪華版で、次から次へと珍味が出た。五回目のサービスの時に豚肉が出ると、グリモは大声で招待客に告げた。

「この豚肉は、モンマルトル街にある私の父の実家のグリモ豚肉店で調達したものであります。」

客たちはどっと笑った。ちょっと説明しておくと、徴税請負人として成り上がったグリモの父は、じつは豚肉屋の息子だったのである。グリモは父の身分をことさら客の前で披露して、父を笑いものにしているのである。もちろん、グリモは豚肉屋という商売を蔑視しているのではなく、豚肉屋の出身のくせに貴族ぶっている父を笑っただけにすぎなかろう。

おもしろいのは、みんなが食事している食堂の中二階の張り出しに、とくに立見席を設けていたということであろう。ただ他人の食っている食事を見るだけのために、三百人の観客が特別の許可を受けて、押し合いへし合いしながらここに詰めかけたのである。なるほど、たしかに前代未聞の珍しいスペクタクルにはちがいないから、彼らは一見の価値ありと考えたのかもしれない。それにしても、他人の飲み食いを芝居のように見物するとは、やはりどうも私にはおかしなことのような気がしてならない。

食事のサービスをしていたのは、肌もあらわなニンフの扮装をした少女たちだった。ところがデザートになると、給仕人は葬儀人夫に変った。それから急に、蠟燭の火がぱっと消えて、食堂はまっくら闇になってしまった。花火がぽんぽん破裂して、壁の上にお化けのような幻影がちらちら映し出された。陰気な鎖の音や呻吟の声が聞えはじめた。

会食者たちはぞっとして、もうこんなお芝居はたくさんだ、と思いはじめた。するとふたたび明りがついた。驚いたことに、いままでの葬式のような暗い雰囲気が一変して、あたりは華やかな景色につつまれていた。すなわち壁紙には、明るい色で珍奇な花々や植物が描かれていたし、テーブルの上の鳥籠のなかでは、小鳥がさえずっていたからである。会食者たちにアイスクリームをサービスして歩く給仕人も、羊飼いの扮装をした若い男女に変っていた。みごとな演出で、暗から明へと雰囲気を一挙に逆転させたわけである。グリモの助手として、この日の会場の演出を受け持っていたのは、コメディ・フランセーズの俳優デュガゾンであった。

こうして翌日の午前四時に、この人騒がせな大饗宴はめでたく幕を閉じたのである。朝になって邸に帰ってきた両親は、やがて世間の噂によって、この日の大饗宴の一部始終を聞かされて、肝をつぶしたことであろう。

この一七八三年二月の大饗宴のほかにも、グリモは永く世間の語りぐさになるような、いくつかの風変りな晩餐会や午餐会を催している。たとえば「経済学者たちの午餐会」というのがあったらしい。農業や商業の専門家ばかりを呼んで催した午餐会で、最初のうち、料理は各種のパンとビールしか出なかった。仕方がないから、招待客たちはそれらを腹いっぱい食べた。じつは別席に豪華な御馳走がちゃんと用意されていたのである。これ以上はとても食えない経済学者たちの見ている前で、グリモはひとりでその御馳走をぱくついたという。また一七八四年二月には「古代風の宴会」というのを行ったらしい。ローマの饗宴を思わせるような宴会で、会食者たちは油で汚れた手をナプキンのかわりに、はだかの美少女の香水をつけた髪の毛で拭ったという。

前にも述べたように、グリモは貴族ぎらいの急進主義者として定評のあった人物であるが、ひとたび大革命が成立するや、その革命的情熱は急速に冷めてしまったとおぼしい。よくあることである。むろん、彼は革命家のなかにも友達を多く持っていたから、父が徴税請負人であったにもかかわらず、恐怖政治の嵐のなかを無事に乗り切ることができた。しかし革命にはつくづく嫌気がさしたようで、のちになって次のように述懐している。「不幸な大革命の時代、中央市場にはたった一匹の立派なひらめも姿を見せたことがなかった」と。いかにも稀代の美食家らしい述懐ではないだろうか。

革命が一段落すると、グリモの莫大な財産はほとんど何一つ残っていなかった。それでも彼の美食に対する欲求は相変らず熾烈であった。さて、どうしたらよいか。このとき彼が考え出したのは、最低の費用で最高の贅沢な食事をする方法であった。「食通年鑑」という定期刊行物を出すことを彼は思いついたのである。この本は、いわば料理屋と食糧品屋の案内書みたいなもので、そのなかでは良心的な店は賞讃され、非良心的な店は手きびしく非難されていた。新しいブルジョワ階級が勢力をえてきたパリで、この「食通年鑑」は大いに歓迎されたらしい。グリモの意見が売行きに影響するということが分ると、商人たちもこれを無視することができなくなった。

グリモの主宰する「味の審査会」

「食通年鑑」の発刊とともに、グリモは十二人の委員によって構成された「味の審査会」なるものを組織して、みずからその終身書記となった。「味の審査会」とはいかなるものかというと、パリおよび地方で売られている食糧品の品質について、毎週、委員が集まって論評することを目的としたものだった。論評の結果は「食通年鑑」に発表される。さあ、こうなるとグリモの家には、フランス各地の珍味佳肴が引きもきらず、どんどん集まってくることになった。フランス中のうまいもの屋が「うちの品をぜひ試食していただきたい」といって、グリモの家に珍味佳肴を届けてくるからである。カオールから、ペリグーから、トゥールーズから、カンカールから、ランスから、トリュッフ入りフォワグラだの家鴨のパテだの、牡蠣だの葡萄酒だのがどんどん届けられた。最低の費用で最高の料理を味わおうという、グリモの計画は図にあたったわけである。

こうしてグリモはほぼ十年間、フランスに君臨する美食の帝王として、わが世の春を謳歌していた。しかるに一八一二年の或る日、ひょんなことから彼は一挙に名声を失墜するのである。

或る料理人が「食通年鑑」できびしく批判されたのに腹を立て、弁明するために「味の審査会」を訪れた。入口で門番に阻止されたが、無理にずんずん通って、いきなり審査室に押し入ってしまったのである。料理人はなにを見たろうか。審査室は食堂も兼ねているらしく、グリモがひとりで食卓に向っていた。グリモ以外にはだれもいなかった。十二人分のナイフとフォークが揃えてはあったが、食べているのはグリモひとりだったのである。料理人は呆気にとられた。

たぶん十年前の発足当時は十二人のメンバーが揃っていたのであろう。しかし、いつのころからか、審査会は完全に有名無実のものとなっていたらしい。それでもグリモは、この事実をひた隠しにして、あたかもそれが存続しているかのごとく、依然として定期刊行物を出しつづけていたのだった。審査会は一週間に一回、メンバーが集まって試食したり論評したりすることになっていたのだが、グリモはなんと一日に四回、自分ひとりだけの審査会をひらいて、全国から届けられた山海の珍味をむしゃむしゃ食っていたらしいのである。驚くべき執念といおうか、ミスティフィカシオンといおうか、ともかく一筋縄ではいかない人物であることは認めざるをえまい。

囂々たるスキャンダルになり、商人たちはグリモを裁判所に訴えた。グリモはすっかり信用を失って、パリを去らねばならなくなった。晩年はヴィレール・シュル・オルジュの城館で、ひっそり閉じこもって暮らしたという。死んだのは八十歳、死ぬまで食欲は旺盛だったが、食ったあとではがっくり疲れたそうである。

いかにも彼らしい逸話が残っている。すなわち、グリモが晩年を過ごした城館には、一四の巨大な豚が飼われていたというのである。彼はこの豚を愛し、いつも一緒に食事をしていた。もう彼には、一緒に食卓をかこむ相手は豚しかいなかったのだ。豚は上席にすわり、首のまわりにナプキンをかけ、黄金の皿から食っていた。「私はこの獣を愛している」とグリモはいっていた、「なにしろ百科全書的な動物だからな」と。若いころに反抗した豚肉屋出身の父と、すでに彼は和解していたのかもしれない。

イタリア狂想曲

キュルノンスキーといえば、今世紀のもっとも名高いフランスの美食家であり、美食学《ガストロノミー》に関する本をたくさん書いたひととして世界的に知られているが、私は或るとき、このひとの『美食の歓び』という本をぱらぱらめくっていたところ、そのなかにピエール・ゴーティエの『ビアンカ・カペッロの生涯』という書物が引用されていることに気がついた。ははあ、この本には見おぼえがあるぞ、と思って書棚をごそごそ探してみると、はたして見つかった。一九二八年、ちょうど私の生まれた年に出た本である。もうずいぶん前のことになるが、私はそれをパリの古書店に注文して取り寄せたのだった。

べつに自慢するほど貴重な本ではないが、現在では入手困難のはずである。しかしそれよりも、悪女として知られるビアンカ・カペッロの生きていた、メディチ家支配時代のイタリア貴族の食生活に関する、おもしろい記事がふんだんに盛りこまれていて、たしかに一読に値すると思う。いま、それを私の筆によって御紹介しよう。

御存じない方のために説明しておくと、ビアンカ・カペッロは一五四八年、ヴェネツィアの富裕な商人の娘として生まれたが、十五歳のとき情人とともにフィレンツェに駈け落ちして、つつましく一緒に暮らしているうち、ふとしたことから七歳年上のトスカナ大公フランチェスコに見染められて、やがて大公の愛人となる。かつての情人は廷臣に取りたてられるが、おそらく大公とビアンカの共謀によって殺害される。大公は、オーストリア皇帝の娘ヨハンナと結婚するが、ビアンカの容色に溺れて、妻を捨てて顧みず、やがてヨハンナの死んだ翌年、ビアンカを正式の大公妃とする。

このヨハンナの死に関しても、ビアンカの手で毒殺されたのではないかという噂があり、彼女は後年、魔女とか妖婦とかいった忌わしい名前で呼ばれるようになるのだ。

大公のほうも、ビアンカに劣らずエクセントリックな性格の男で、ごく若いころからスペイン語、フランス語、ドイツ語、さらにギリシア語やラテン語までを自在に操り、ホメロスをよく引用したといわれるほどの学問好きだった。また化学や植物学や錬金術にも素養があり、宮殿の一部にみずから工房を主宰して、模造宝石やガラス器を製造する実験にもふけっていたといわれる。要するに博学なディレッタントで、十六世紀当時の君主によく見られるような、芸術や技術のすぐれた保護者だったわけだ。

しかし、それだけならまだよいが、大公は無類の薬好きで、最上の楽しみが実験室で毒薬を調合することだったというから、はたの者にとっては、ちょっとばかり困ったことになるわけである。いや、はたの者にとってのみではない、本人にとっても、その影響は歴然としていたらしい。

当時の証人ジョヴァンニ・ヴィットーリオ・ソデリーニの報告によると、このトスカナ大公フランチェスコは、長年の不摂生によって憔悴していたというし、また気候のわるいアルノ河畔のフィレンツェに住んでいたため、いつも瘴気熱を病んで呻吟していたという。

そこで衰えた健康を回復するために、大公はみずから発明した不老長生のエリキジールだとか、薬用シロップだとか、粉末にした鉱物を混ぜた銀水だとかいった、正体不明の薬物を愛飲していた。また礬油《はんゆ》精《せい》という、現在の言葉に直せば濃硫酸にあたるものを常用していたというから、じつに無茶な話というべきである。糞石《ベゾアル》というのは、草食動物の腸管内に発見される半有機質、半鉱物質の結石で、解毒剤としての効能があると信じられていた物質であるが、大公はこれをも粉末にして飲んでいたらしい。

おもしろいのは彼の食生活で、その凝りようは注目に値する。すなわち、彼は便秘を起こすような香料の強いパテの類を好んで食ったのである。生姜《しょうが》、胡桃《くるみ》、肉豆蔻《にくずく》、丁字《ちょうじ》、胡椒などといった、あらゆる種類のスパイスを加えたパイが彼の好物だった。また念入りに磨りつぶした去勢鶏の肝臓や、雉子や、鷓鴣《しゃこ》や山鶉《やまうずら》の肉に、卵の黄身と粉砂糖とサフランの粉を混ぜたものをよく食った。そして食事中といわず食後といわず、スペインの赤ピーマン入りの卵のプディングをいくつも平らげた。さらに消化のわるい野菜類、インドの大蒜《にんにく》だとか、生の玉葱だとか、葱だとか、黒胡椒だとか、韮《にら》だとか、エシャロットだとか、山葵大根だとか、蕪桔梗《かぶらぎきょう》だとか、アーティチョークだとか、カルドン（これも朝鮮薊の一種）だとか、セロリだとか、マケドニアのパセリだとか、チャーヴィルだとか、黄花蘿蔔《きばなすずしろ》だとか、インドのクレソンだとかいったものを食った。また栗や梨、マッシュルームやトリュッフを食った。最後にあらゆる種類のチーズを大量に食った。

私たちが今日、大都会のレストランで食事をすることを思えば、こんなメニューもそれほど大したことはないように思われるかもしれないが、まだ産業や交通の発達していなかった十六世紀当時にしてみれば、これだけ豊富な香辛料や野菜を揃えるのは、じつに驚くべき労力と金力を要することだったのである。

次は酒である。大公は咽喉にひっかかるような強い葡萄酒を好んで飲んだ。そうかと思うと、ギリシアの葡萄酒、スペインの葡萄酒、ラインの葡萄酒、ラクリマクリスティ

(「キリストの涙」の意で、イタリアのヴェスヴィウス近郊産のワイン)、マスカット葡萄酒、ラングドックの白ワイン、キプロス島産の葡萄酒、クレタ島産のマルヴァジアなどをも賞味した。またリヴァダヴィア、コルシカ、ピエトラネラ各地の銘酒も食卓にならべられた。

栄養補給や便通をよくするために、当時は浣腸がよく用いられたらしいが、大公は浣腸が大きらいで、そのかわり自家製の丸薬を服用していたという。しょっちゅう強い酒を飲むために、咽喉や口蓋が熱をもち、舌が荒れて困るので、大公はいつも口のなかに、雪や氷で冷やした水晶の球を二個入れて、頰の内側でころころ転がしていたという話はおもしろい。また寝具を冷やすために、雪をいっぱい詰めた湯たんぽをベッドのなかに入れていた(湯たんぽで冷やすというのは、どうも言葉の矛盾のようで気になるけれども、ほかに適当な訳語が見つからないので間に合わせておくことにする)。

冷やすといえば、大公が好んで滞在したフィレンツェ郊外のプラトリーノ離宮に、噴水のメカニズムを利用したおもしろい設備があったらしい。一五八〇年十一月、ここを訪れたモンテーニュの『旅日記』から引用する。

「また城内の或る大広間には大理石のテーブルがあって、六つの席がある。その席にすわって、環のついた大理石の蓋を持ちあげると、下にはテーブルについた水槽がある。六つの水槽には、どれにも冷たい噴水が湧き出ていて、それぞれが自分の酒盃をそこで冷やすことができるのだ。テーブルのまんなかには大きな水槽があって、そこでは酒瓶を冷やすことができるようになっている。」

　モンテーニュはさらにつづける。

「われわれはまた、地中のきわめて大きな穴倉を見た。なかには一年中、大量の雪が貯蔵されている。雪は金雀枝《えにしだ》を敷いた上に寝かせ、その上に藁をうず高くピラミッド型につんで、小さな納屋のような形にしてある。」

　この記述を見てもよく分るように、フィレンツェの宮廷では、雪は必要に応じてつねに供給可能であったから、熱にほてった大公の身体を冷やすために、それが四季を分かずふんだんに利用されていたのだった。

　噴水のメカニズムは、要するにギリシアやビザンティン以来の水力学の応用である。テーブルの下の水槽に導管で水を送るぐらいのことなら、まあ簡単なメカニズムによって実現可能でもあろうが、なかにはずいぶん複雑な装置も考案されていたらしい。食卓に関するものに限っていえば、やはりこの時代に、たとえば「空飛ぶテーブル」という仕掛けが考案されている。宴会の途中で、テーブルが上方へぐんぐん引きあげられてしまうのである。すると、その下から別のテーブルがせりあがってくる。申すまでもなく、そのテーブルには、食後のデザートが満載されているという寸法だ。

これはずっと後の話であるが、トスカナ大公フランチェスコとその最初の妻ヨハンナとのあいだにできた娘、マリー・ド・メディシスが一六〇〇年、フランスのアンリ四世と婚約した時の披露宴でも、この「空飛ぶテーブル」が出現して、列席者たちの目を驚かせたということである。

ゴーティエの『ビアンカ・カペッロの生涯』には、一五八七年、大公とビアンカとが離宮ポッジオ・ア・カヤーノで、原因不明の毒物死をとげたことも語られている。

その日は猟が終って、夜から盛大な祝宴がつづいていたのだった。フィレンツェ近郊の離宮に集まっていたのは、大公や大公の弟フェルディナンド枢機卿を中心とする猟友会のメンバーである。むろん、ビアンカもホステスとして、この祝宴の中心的な役割をはたしていた。表面的には和気藹々《あいあい》の雰囲気がその場に流れていたが、じつは彼ら一同、お互いの腹の探り合いであった。大公とその弟とは、いずれは雌雄を決しなければならない仇敵同士だったからである。会食者たちは、隣りの者の皿のなかを横目でちらちら窺いながら、それぞれ慎重に料理を口に運んでいた。

フェルディナンド枢機卿は指環をはめていたが、この指環の石にはふしぎな力があって、毒物がそばに近づくと色が変り、どんよりと曇りを帯びてくるのである。だから、彼はこの指環から片時も目を離さなかった。

デザートにビアンカのつくったお菓子が出てくると、大公は弟に、ぜひ彼女のつくったお菓子を食べてやってほしいといった。フェルディナンドは躊躇して、あいまいな返事をした。指環の色が変色していたからである。

「なんだ。だれもこの傑作に手をつける勇気がないのか。そんなら、わたしが勇気のあるところを見せてやろう。」

そういって、大公は大きな一切れをつまむと、あっという間に口に入れてしまった。それを見ていたビアンカは、たちまち恐怖と絶望で真蒼になった。毒入りのお菓子をつくって、義弟の枢機卿に食べさせようとしていたのは、じつは彼女自身にほかならなかったからだ。万事休すと観念した彼女は、自分もこのお菓子を食べて、すぐさま夫のあとを追おうと決心した。

相継いでばたばたと倒れた二人が、苦悶のうめき声をあげながら床を這いまわっているすがたを眺めると、フェルディナンドは、だれをも食堂に入れないようにした。手にピストルをもって、二人を助けようとする者があれば容赦なく射ち殺す覚悟さえ示した。毒が完全にまわって、もう手おくれになる時期を待っていたのである。並みいる会食者たちも、この凄惨な光景を無言のまま冷ややかに眺めていた。枢機卿にあえて逆らおうとする者はひとりもいなかった。……

「講釈師、見てきたような嘘をつき」という言葉があるけれども、この部分のゴーティエの描写は、まさにこの言葉にふさわしいだろう。少なくとも現在の歴史家の定説では、大公および大公妃に毒入りのお菓子を食わせたのは、弟のフェルディナンドにちがいあるまいと推定されているからである。

当時の噂として、ビアンカに強い嫌疑のかけられていたのが事実だったとしても、それは彼女に反感をいだく者たちが世間に広めた、例の魔女としての、妖婦としての彼女の悪評と無関係ではなかったろう。ともかくフランチェスコとビアンカが死ぬと、そのあとすぐフェルディナンドが第三代トスカナ大公の地位についたのだから、フェルディナンド側の流した噂が当時において支配的であったのは当然だったと思われる。こうして、ビアンカは長いこと毒殺魔の汚名を受けることになるのだ。

しかしそれにしても、十六世紀のイタリアに犯人不明の毒殺事件が頻々と起っていたことは、今日の目で眺めるとふしぎなくらいで、この世紀は毒殺の世紀と呼ばれてもよいほどなのである。

前にマリー・ド・メディシスの名前をあげておいたが、このフランチェスコの遺された娘がフランス王アンリ四世と結婚する前に、アンリ四世の長年の愛人であった美貌で名高いガブリエル・デストレが、フィレンツェ出の財産家セバスティアン・ザメの邸で急死するという事件があった。すなわち、妊娠九カ月だったガブリエルは、ザメの家でレモンのような柑橘類を食い（一説にはレモンではなくて、サラダだったとか魚だったとかいわれている）、三日後に死産児を生んで、恐ろしい苦悶とともに息たえたのである。この怪死事件も、十九世紀の歴史家（たとえばミシュレやシスモンディ）の意見では、兄とビアンカを殺して大公の地位についた、あのフェルディナンドの命令で準備されたのではないかと推定されている。姪にあたるマリー・ド・メディシスをフランス王妃とするために、ガブリエルの存在は邪魔だったからである。

ところで、このマリー・ド・メディシス自身も、フランス王妃となってからさんざん苦労した末に、最後には謎の死をとげるのである。なにしろ若いころから、父やビアンカの影響で、フィレンツェの錬金術師や魔術師に親しみながら育ったので、彼女は毒物の操作に慣れていたらしく、晩年には壊疽《えそ》に侵された片脚の痛みを毒物の利用によって鎮静していた。死んだのはドイツのケルンにおいてであるが、彼女はここで壊疽が再発したとき、治療に用いていた腐蝕薬を口から飲んだのであろうという。おそらく食物のなかに混入していたのにちがいない。故意か偶然か、毒殺か事故か、それはだれにも分らない。

腐蝕薬は化学薬品で、この時代に化学薬品を用いた死はきわめてめずらしい。古代からの毒薬はほとんど植物、それも主としてトリカブト、ドクニンジン、ケシ、キノコなどから作られており、動物質のものから抽出される場合も、どちらかといえば少なかったからである。この動物性毒薬のなかで、とくに十六世紀に多く利用されているものにウミウサギ(海兎)の毒というのがある。これについて説明しておこう。

いわゆる聖バルテルミーの大虐殺にも責任があったといわれているフランス王シャルル九世が、この恐ろしい大虐殺の日以来、夜ごと悪夢に悩まされるノイローゼにおちいり、やがて王母カトリーヌ・ド・メディシスの手に抱かれたまま、二十四歳を一期として死んだのは一五七四年のことだったが、一説によると、彼は母の手で毒殺されたのだという。そしてその理由は、カトリーヌが最愛の息子たる三男(のちのアンリ三世)に王権を確保するためだった。というわけで、当時からいろいろな噂が流れていたらしいのである。伝記作者ブラントームによると、シャルル九世は「人間を長いこと憔悴させ、やがて蠟燭の火の消えるように絶命させてしまうウミウサギの角」の粉末を、母の手から飲まされたのだそうだ。

いったい、このウミウサギとはいかなる動物であるか。それについてはプリニウスを引用しなければならない。『博物誌』の第九巻四十八章に次のようにある。

「インドの海にいるウミウサギは、ちょっと接触しただけでも、ただちに嘔吐と胃の障害を惹き起す。われわれの海にいるのは醜悪な球形のもので、地上のウサギとは色が似ているだけである。インドのそれは大きさもウサギに近く、ただその毛はもっと堅い。そして生け捕りにすることはできない。」

同じ『博物誌』の第三十二巻一章には次のようにある。

「驚くべきはウミウサギに関する話である。或るひとたちにとっては、それは飲んだり食ったりすれば毒になるが、別のひとたちにとっては、ただ眺めただけでも毒になる。というのは、妊婦がこの動物の雌を見ると、見ただけでたちまち嘔気がして、次には流産してしまうからだ。この毒に対する予防としては、この動物の雄を塩に漬けて堅くして、腕環に嵌めて持っているとよい。」

おそらく読者は、このプリニウスの記述を読んでも、ウミウサギとはいかなる動物であるか、さっぱりお分りにならないであろう。雌は毒性を有するが、雄は解毒剤になるというのだから、まことにもって奇妙な動物である。ずばりといってしまえば、このウミウサギという名で呼ばれた海産動物は、リンネ分類法でアプリシア・デピランスと名づけられた、軟体動物の一種アメフラシだったのである。よく私たちが海の岩場で潮干狩などしていると、触角のある、ぶよぶよしたカタツムリの化けものみたいな、不恰好な動物を水のなかに発見することがある。それがアメフラシだと思えばよい。

このアメフラシが、事もあろうに、どうして海のウサギに見立てられてきたのか、これは難問で、ちょっと私たちには理解のしようがない。少なくとも私たちの目には、似ているところはまったくないように見えるからだ。しかしとにかく、古代ギリシアのディオスコリデスやガレノス以来、多くの博物学者がこれを海のウサギと呼んできたのである。十六世紀のブラントームは、シャルル九世が母からウミウサギの角の粉末を飲まされたと書いているが、なるほど、アメフラシにはたしかに触角があるから、この記述も原則的には間違いだとはいえないだろう。

プリニウスによれば、インドの海にいるウミウサギには、兎のように毛が生えているというが、まさか、どこの海にだって、そんなアメフラシがいるはずはなかろう。

メディチ家のひとびとの食生活や毒薬愛好について書いているうちに、話が妙な方向に外れてしまったような気がするが、それについては平に御容赦いただきたい。

クレオパトラとデ・ゼッサント

クレオパトラと真珠の話はあまりにも有名で、わざわざ説明する必要はないように思われる。しかし、はたしてそうだろうか。ここで復習してみるのも、まんざら無駄ではあるまい。歴史上の名高い伝説には、とかく見過ごされがちな、真理がふくまれていることもあるし、あるいは虚偽がふくまれていることもあるからである。

女王クレオパトラの君臨する当時のアレクサンドリアは、地中海世界のもっとも富裕な、優雅と豪奢と倦怠の都だった。港では、世界のあらゆる富がたえず陸揚げされていた。アフリカからは象牙、黒檀、金、香料、ギリシア本土からは油、葡萄酒、蜂蜜、塩漬けの魚等々である。遠くインドから来る船も多かった。港の入口では、古代世界の七不思議の一つといわれたファロスの燈台が、出入りする船をみちびいていた。――クレオパトラに関するさまざまな伝説は、この国際都市アレクサンドリア市民のあいだに噂されて、後代に伝わったものである。

もっとも、シェークスピアをはじめとする後世の作家が多く依拠したプルタルコスのいわゆる『英雄伝』には、このクレオパトラと真珠の話はまったく出ていない。もっぱら詩人の空想から出たものと思われる、あまり当てにならないこの伝説を最初に書き記したのは、ローマ皇帝ネロの時代に生きていた『パルサーリア』の作者ルーカーヌスあたりではないかと思われる。

あるとき、クレオパトラとアントニウスとが、豪奢な食卓に向って食事をしているうち、ちょっとした言い争いになったことがあった。もともと兵卒あがりの単純な男だったアントニウスは、なんにでもすぐ感激する性質で、この時も、出された料理を「うまい、うまい」とむしゃむしゃ食っていたのである。しかし四千年の文化を誇るエジプトの女王として、おそろしく気位が高かったクレオパトラには、もっとシニカルなところがあり、その上、新興国ローマの将軍をいささか馬鹿にしている気味合いもないではなかった。なんでも無神経に「うまい、うまい」という単純な男が、彼女の癇にさわったのである。

「こんな料理、大したことはありませんわ。このアレクサンドリアの都では、お好みとあらば一皿千万セステルティ（約百万円）の料理だって食べられますもの。」

「まさか。御冗談をおっしゃってはいけません。いくらなんでも千万セステルティはないでしょう。」

「いいえ、本当ですのよ。太陽神ラーの娘が嘘をつくなんて考えられますか。」

そこで賭になった。ところが次の日、クレオパトラの出した食事は、べつに普段とそれほど変ったものには見えなかった。アントニウスが勝ち誇って料理の値段をきこうとすると、クレオパトラは嫣然《えんぜん》と笑っていった。

「あわて召されるな。まだデザートがございます。」

デザートには酢の盃が出た。そのなかへ、彼女は自分の片方のイヤリングからはずした大粒の真珠を事もなげにほうりこんだ。真珠はみるみる白い泡を立てて、またたく間に溶けてしまった。彼女はそれを一気に呑みほすと、

「この真珠はプトレマイオス家伝来の宝物ですの。むかし、東方の王たちから献上されたものだそうで、世界にも類のない財宝だと申しますわ。では、もう一つ……」

そういって、彼女がもう一方のイヤリングからも真珠をはずそうとしたので、賭の審判官となっていたカエサル以来の老臣プランクスは、驚いて彼女の手を押しとどめたというのである。話はこれだけである。どんなに尾鰭をつけても、これ以上にはなりようがない

ほど単純な話なのである。

ところで、このエピソードには、一般に二つの難点があるといわれている。まずその一つは、酢（つまりヴィネガー）で真珠を溶かすのは無理だということ、第二は、真珠を溶かすほど強い酸では、とても飲めたものではないということだ。かように科学的には明らかに間違いで、そんなことは到底ありえないのであるが、この逸話には、奇妙にひとの心に訴えるものがあるらしく、一つの類型となって後世にまで伝えられたということを私はここに指摘しておきたい。つまり、似たような話があるのである。

それはサー・トマス・グレシャムに関する話である。グレシャムといえば、まず一応はだれでも「悪貨は良貨を駆逐する」という、あの名高いグレシャムの法則を思い出されるであろう。その法則を発見したグレシャムだと思っていただけばよい。

彼はエリザベス女王の財政顧問をつとめていた、十六世紀イギリスの有力な金融業者であるが、なかなか愛国心もあって、当時のイギリスの競争国ともいうべき、あのスペインの大使がつねづね自国のフェリペ王の富力を自慢するのを聞いて、少なからず腹を立てていたのである。いつの日か、このスペイン大使をぎゃふんといわせてやろうと心待ちにしていたのである。

たまたま、このグレシャムが肝いりとなって、イギリスの商人のために建ててやった王立為替取引所の開所式があって、エリザベス女王もじきじきに臨御されるというとき、彼はみずから音頭をとって、女王陛下のために乾杯を捧げたのであるが、その葡萄酒の盃には一万五千ポンドの真珠が砕かれて混ぜてあった。スペイン大使は彼のすぐそばに立っていたが、この話を聞かされると、息を切らせ冷汗を流し、あやうく倒れそうになったという。なにしろ一人の商人が君主の健康を祈るために、一つの財産を磨りつぶして呑んでしまうのを、まざまざと見せつけられたからである。これでグレシャムは文字通り溜飲をさげたわけだった。

エリザベス時代の劇作家トマス・ヘイウッドの『私を御存じなければだれも御存じないのと同じ』という戯曲のなかに、このエピソードに言及した部分がある。

一万五千ポンドが一撃で砂糖の代用品、グレシャムは女王陛下のため真珠で乾杯。

こんな芝居の台詞があるのだ。たぶん、このエピソードは当時の語り草だったのであろう。『ホモ・ルーデンス』の著者ホイジンガもポトラッチなるものを説明するために、クレオパトラと真珠の話を引用しているほどなので、こういう話は時代を問わず、民衆のあいだでは受けるらしいのである。ちなみに、ポトラッチというのは北米インディアンが祝宴のとき、貴重な財物をわざと客の前で破壊して、気前のよさを誇る習俗のことである。真珠入りの葡萄酒を飲むというのは、要するに貴重なものを破壊して、いわば価値を混乱させ、それによって精神に一つの強い刺激をあたえるということであろう。人間というものは、べつに空腹でもない時には、このように一見したところ、味覚そのものとは関係のないような方向に美食の理想を求めるものらしいのだ。広い意味で、これも人間の遊戯性の一つと考えてよいかもしれない。

おそらく、人間の遊戯性と美食とは、切っても切れない関係にあるのにちがいなく、この「華やかな食物誌」を書いている私の筆も、ともすれば実質的な食談義を離れて、遊義性の方向をめざすことになり勝ちなのである。

たとえば、ローマの富裕な解放奴隷たちの猥雑きわまりない大饗宴を描いたペトロニウスの『サチュリコン』の第二部「トリマルキオーの饗宴」などを読むと、いわゆる見立ての料理、すなわち或る物を別の物で似せて作った料理の例がやたらに出てきて、私たちは驚きの念をおぼえるほどである。ローマの道楽者たちは、見立ての料理がそれほど好きだったのであろうか。ともあれ大饗宴の主人トリマルキオーは次のように述べている。

「うちの料理人以上に価値あるやつはおりますまい。お望みとあらば、牝豚の子宮で魚を、その脂で斑鳩を、腿肉で山鳩を、後脚で鶏を作らせてお目にかけよう。ですから彼にダエダルスというような立派な名前をつけることを思いついた次第です。」

いまでもヨーロッパ人は、デコレーション・ケーキやチョコレートで、いろいろな物を実物そっくりに模して作るのが大そう好きであるが、もしかすると、これは西欧人の骨の髄にまで染みついているリアリズムの精神のためではなかろうか、という気が私にはする。日本の料理や和菓子の装飾性は、どんなに洗練をきわめたとしても、決してリアリズムをめざしたりするものではないからだ。

しかし美食における遊戯性という問題を考えるとき、私の頭にまず第一に思い浮かぶのは、あのユイスマンスの奇妙な小説『さかしま』の主人公デ・ゼッサントのことである。文学や絵画から宝石や香料や園芸植物にいたるまで、あらゆる趣味の領域に洗練を求める彼は、味覚の領域においても、たとえば「口中オルガン」というのを発明して楽しんでいる。

口中オルガンとはなにか。簡単にいえば、舌で奏するオーケストラのようなものだ。デ・ゼッサントの家の食堂には、一方の壁に小さな酒樽がずらりと並んでおり、酒樽にはそれぞれ銀の活栓がついていて、すべての酒を自由自在にミックスすることができるようになっている。それぞれの酒の味覚は彼にとって、楽器の音に対応している。だから、彼が気ままに活栓をひらいて、小さなカップのなかへ一滴また一滴と酒を滴らせ、それを舌で少しずつ味わえば、ちょうど音楽が耳にそそぎこむ感覚と同じ感覚が得られるというわけである。

「たとえば辛口のキュラソーは、酸味をおびた滑らかな歌声のクラリネットに対応し、キュンメル酒は、鼻にかかった響きのよい声のオーボエに対応する。薄荷と茴香酒《ういきょう》とは、同時に甘くて辛く、すすり泣くかと思えば優しいささやきを洩らすフリュートに相当する。また、桜桃酒は荒れ狂うトランペットの響きを奏で、これでオーケストラがすべて揃った勘定になる。さらにジンとウィスキーは、コルネットとトロンボーンの甲高い音響をもって口蓋を刺激し、ブランデーは、チューバの耳を聾する轟音とともに鳴りひびく。一方、キオス島産のアラキ酒と乳香とは、力いっぱい叩くシンバルと太鼓の雷鳴にも似た連打とともに、口腔中をころがりまわる！」

こうして彼は、いよいよ連想を発展させると、口中に絃楽四重奏団を編成することを考えたりするようになる。すなわちヴァイオリンは年代物の火酒、ヴィオラはラム酒、チェロは健胃酒、そしてコントラバスは苦味酒《ビター》である。こんな強い酒をちゃんぽんに口のなかにほうりこんでいたら、やがては舌が麻痺してしまうのではないかと心配にもなってくるほどだ。

このデ・ゼッサントは、また十八世紀のグリモ・ド・ラ・レニエールの好んだ陰惨趣味を復活させて、「喪の宴」と呼ばれる宴会をひらいたりもする。

食堂には黒い布を張りめぐらし、庭園には石炭の粉をまきちらし、泉水のなかには墨汁を満たし、築山には糸杉や松の樹をあしらう。食堂では、黒いナプキンの上に食事が運ばれ、テーブルの上には菫や松虫草（いずれも紫色の花だ）の花籠が置かれ、蠟燭の火がぼんやり室内を照らし出す。そしてオーケストラが葬送行進曲を演奏しているあいだ、裸形の黒人女が会食者一同のために給仕をするのである。つまり、何から何まで黒ずくめというわけだ。

それでは「喪の宴」の会食者一同は、どんな料理を賞味していたのだろうか。いったい、黒ずくめの料理というのが考えられるだろうか。次にユイスマンスの文章をそのまま引用してみよう。

「黒い縁どりの皿から、ひとびとは青海亀のスープだの、ロシヤの黒パンだの、熟したトルコのオリーヴだの、キャビアだの、鯔《ぼら》の卵の塩漬けだの、フランクフルトの燻製ブーダンだの、甘草汁や靴墨色のソースで煮こんだ獣肉だの、トリュッフの煮凝りだの、琥珀色のクリーム入りチョコレートだの、プディングだの、椿桃《つばいもも》だの、葡萄のジャムだの、桑の実や黒さくらんぼだのを食べた。また暗色のグラスから、ラ・リマーニュ、ルーション、テネドス、ヴァル・デ・ペニャス、ポルトなどの各地方から産する銘酒を飲んだ。コーヒーと胡桃酒のあとには、ロシャのライ麦酒、イギリスの黒ビール、スタウトなどを味わった。」

なるほど、よくも黒っぽい色をした材料の料理ばかりを集めたものである。これだけ揃えるのには、さぞや苦心をしたことであろうと察せられる。日本ならば、さしずめ海苔や胡麻が考えられるところであろうが、黒い色をした食品が必ずしも陰惨な印象をあたえるとは限らないので、日本風の「喪の宴」を開催するには、また別の基準を立てる必要があるかもしれない。

それはともかく、デ・ゼッサントはこうして偏奇な生活を長くつづけた結果、やがて身体全体に変調をきたすようになる。めっきり体力が衰えたばかりか、神経をやられ、胃をこわし、間断なく嘔気がするようになって、ついには何も食べられなくなってしまう。このとき、彼が医者にすすめられて採用するようになったのは、一日三回、食事のかわりに行うペプトンの滋養灌腸であった。

この療法を医者にすすめられたとき、彼は思わず陶然たる気分になる。久しく養い育ててきた自分の人工的生活への夢が、みずから望んだわけでもないのに、いまや極端な実現の段階に達しているような気がしたからだ。おそらく、これ以上に人工的生活を推し進めることは不可能であろう、と彼は考える。こんな風にして栄養を摂取するということは、人間が実行しうる変則的生活の極致であるにちがいない、と彼は考える。

つまり、美食の極致は灌腸による栄養摂取ではなかろうか、という奇怪な妄想にデ・ゼッサントは捉われるのである。食道から食物を嚥下するのではなく、むしろ肛門から滋養物を吸収することこそ、多年にわたってみずから培ってきた「さかしま」の生活の理想ではなかろうか、という幻想を彼はいだくのである。

食事時になると、ナプキンの上に巨大な灌腸器が用意される。まるで料理店でメニューを眺めるように、デ・ゼッサントは医者の処方箋をひろげ、しかつめらしく「肝油二〇グラム、牛肉スープ二〇〇グラム、ブルゴーニュ酒二〇〇グラム、卵黄一個分」などと書いてあるのを読む。「胃を傷めているせいで、料理法に本気で興味をもつことができなかった彼が、思わず、いかにも食通らしく食事の取り合わせを考えているのに我ながら驚いた」とユイスマンスは書いている。

もちろん、直腸の粘膜は舌とは違うから、味覚を有するはずはなく、食物を味わうことができるはずはない。だから結局のところ、これは人工的生活にあこがれた、偏奇な男の頭のなかの妄想ということができるし、また、それ以上のものと考える必要はないであろう。ただ、私がおもしろいと思うのは、デ・ゼッサントが美食学の洗練において手本としたらしい、例の十八世紀の美食家グリモ・ド・ラ・レニエールが、やはり灌腸について語っているという点なのである。

前にも書いたように、グリモはフランス大革命後、「食通年鑑」なるものを刊行して大いに名声を博したほど、いわばコミュニケーションに関して抜けめのない人物であったから、PR活動というものに対してきわめて熱心であった。その点では、現代の風潮の先駆者と考えてもよいような人物だったのである。「食通年鑑」を出しながら、グリモは同時に香料商、印刷業者、花屋、材木屋、眼鏡屋、医療器具屋、医者などのために、すすんでPRを買って出ている。つまり自分の雑誌で広告宣伝をしてやって、その費用を商人に出させていたのであろう。まだマスコミが発達していない十九世紀の初め、こんなことを考えた人間はあまりいなかったはずである。

そういう次第で、グリモは美食学と灌腸とを結びつけ、灌腸器屋のために次のような宣伝の文章を書いたのである。

「薬としてであれアペリチフとしてであれ、美食家が灌腸の御厄介になりたいと思う場合はしばしばある。しかるに、体内の洗浄とは世にも簡単なことであるべきはずなのに、灌腸の使用ほど面倒なことはない。この唯一の理由のために、多くのひとは灌腸の使用をあきらめ、うまく使えば免れられたはずの病気にみすみす罹ったりするのである。ところで、ここに朗報がある。ヌーヴ・デ・プティシャン街に住む錫器商ルーセル氏が、新案の灌腸器を発明したのである。それは操作がきわめて容易なので、これまでは苦痛以外の何ものでもなかったものが、むしろ楽しみとなるほどのものだ。このすばらしい発明品は、たった の十五フランである。とくに町へ夕食をしに行く日などには、遠慮なくこれを用いるべきであろう。」

十九世紀のコピーライターの文章として、これは古典的価値を有する文章といいうるかもしれない。

そのほかにも、たとえばグリモは、エクス・アン・プロヴァンスの医者アルヌーのために、卒中予防の薬袋などというものを宣伝している。この薬袋をリボンで首からぶらさげ、胃の上に垂らしておくと、血行がよくなり消化がよくなって、病気になる心配がなくなるというのだ。ただし、その効能は一年かぎり、とある。なんだか、いかさま医者のための宣伝をしているように見えないこともない。

龍肝鳳髄と文人の食譜

『遊仙窟』といえば、中国本土では早くほろびたにもかかわらず、かえって日本に将来されて、古くは万葉歌人にも親しまれ愛されたほどの古典となった、唐代初期の伝奇小説である。話の筋はたわいのないもので、ひとりの男が旅の途中で道に迷い、はからずも神仙の窟《ほこら》に一夜の宿を求め、女主人の歓待を受けるという、まあ言ってみれば浦島太郎の龍宮を山中に移し変えたかのような、一種の仙境物語だと思えばよいだろう。そのなかに御馳走の場面が出てくる。四六駢儷体《しろくべんれいたい》の華麗なものだから、その部分を次に訓み下しで引用してみよう。

「少時にして飲食ともに到る。薫香室に満ち、赤白《せきはく》前に兼ね、水陸の珍羞《ちんしゅう》をきわめ、川原《せんげん》の菓菜《かさい》を備う。肉はすなわち龍肝鳳髄《りょうかんほうずい》、酒はすなわち玉醴瓊漿《ぎょくれいけいしょう》。城南雀噪《じゃくそう》の禾《か》、江上蟬《ぜん》鳴《めい》の稲、鶏の膱《あつもの》、雉の臛《すいもの》、鼈《すっぽん》の醢《ひしお》、鶉の羹《あつもの》、椹下《じんか》の肥肫《ひとん》、荷閒《かかん》の細鯉《さいり》。鵝子《がし》鴨卵《おうらん》は、銀盤に照曜し、麟脯豹胎《りんぽひょうたい》は、玉畳に紛綸《ふんりん》す。熊の腥《なまにく》は純白にして、蟹の醤《ひしお》は純黄、鮮膾《せんかい》は紅縷《こうる》と輝《ひかり》を争い、冷肝は青糸と色を乱す。蒲桃甘蔗《ぶとうかんしょ》、楔棗石榴《じそうせきりゅう》、河東の紫の塩、嶺南の丹《あか》き橘、敦煌の八子の柰《からなし》、青門の五色の瓜、太谷《たいこく》の張公の梨、房陵の朱仲の李《すもも》、東王公の仙《せん》桂《けい》、西王母の神桃、南燕の牛乳の椒《はじかみ》、北趙鶏心の棗《なつめ》。千名万種、つぶさに論ずべからず。」

美辞麗句の限りをつくして、山海の珍味をずらずらと書き並べているわけだが、なかには明らかに空想的なものもある。龍の肝《きも》、鳳凰の髄《ずい》などは、どう考えても実在するはずはなく、さしずめヨーロッパにおけるフェニックス（不死鳥）の脳髄みたいなものだと考えればよいだろう。麒麟《きりん》の乾肉、豹の腹の子などというのも、かりに実在するにしても、そうそう簡単に手にはいるものではあるまい。『遊仙窟』の舞台になっている黄河の上流地方に、はたして豹が棲んでいたかどうか、私にはなんとも断言いたしかねる。これもまた、ヨーロッパにおける紅鶴の舌みたいなものではないだろうか。

熊の生肉、鶏や雉や鶉の吸物、すっぽんのしおから、蟹のひしお、鵞鳥や家鴨の卵、鯉などになると、かなり実在性が出てくる。おそらく現在でも中国人の食っているものだろう。しかし月中の桂の実、西王母の仙桃になると、ふたたび一転して説話じみてくる。そもそも『遊仙窟』というのが一種のユートピア物語なのだから、そのなかに出てくる御馳走も空想的なもので当然といえば当然なのかもしれない。

なにしろ白髪三千丈式の文飾の好まれる中国のこととて、龍肝鳳髄あるいは龍肝豹胎というのは、いつごろからか、得がたい珍味をあらわす一つの定まり文句となっていたようだ。古くから八珍《はっちん》といって、八つの珍味が知られているが、そのなかにも龍肝鳳髄はちゃんと上位にランクされている。いろんな説があって必ずしも一定しないが、八珍とは一般に龍肝、鳳髄、兎胎《とたい》、鯉尾、鶚炙《がくしゃ》、猩脣《せいしん》、熊掌《ゆうしょう》、酥酪《そらく》をいうらしい。兎胎とは兎の腹の子であり、鶚炙とはみさごの焼肉であり、猩脣とは猩々《しょうじょう》のくちびるであり、酥酪とは牛や羊の乳を精練した飲料である。鯉尾、熊掌は読んで字のごとくだから、わざわざ説明するまでもあるまい。

さて、龍肝鳳髄のような文学的空想的なものではなく、もっと現実的な中国の往時の料理について知りたいと思うならば、古くから「食経」と呼ばれてきた料理の専門書《モノグラフィ》に当たらなければならぬ。さいわい篠田統氏の委曲をつくした『中国食物史』その他の著述があるから、私たちはその大要を容易に窺い知ることができる。

「食経」とは、要するに文人がつくる好事の本、とくに料理の領域を扱った、もろもろの譜のなかの一つであろう。石譜や竹譜から画譜や印譜まで、文人の愛玩するあらゆる物が譜の対象になる。「君子は庖厨を遠ざく」という言葉があったにもかかわらず、おそらく中国では、料理は士大夫の大事な教養の一つと見なされていたのであり、文人の愛玩の対象にも十分なりうるものだったのである。詩人がいかに料理に関心をいだき、その詩のなかで好んで御馳走にふれているかの例を知りたければ、私たちは北宋時代の蘇東坡の作品を見ればよい。いまでも東坡肉と呼ばれる豚肉料理は、彼が左遷されて移った湖北省黄川で暮らしているあいだに発明した料理だということで、詩人の名前は料理と結びついても残ることになったのだ。

元末四大画家のひとり倪雲林《げいうんりん》は、家厨の献立集である『雲林堂飲食製度集』をつくっている。隠遁した富裕な文人のつくる「食経」の典型的なものではあるまいか。元王朝に反抗する動乱が起こり、中国全体が騒然としてくると、彼はそれまでの豪奢な風流生活を清算し、家産を親族に分かちあたえ、自分は妻とともに舟に乗って江蘇省各地の寺観を流寓してまわった。戦乱がおさまり明朝が興ると、ようやく彼は故郷に帰って平安な余生を送ったという。『製度集』は、この彼の若き日の風流生活の名残りなのである。どうも料理に関する著述などというものは、人生の晩年につくるものと相場がきまっているようである。

それはともかく、数ある中世近世の「食経」のなかでも、日本人にもっとも親しまれているのは、すでに江戸時代からわが国に舶載されて、昭和以後には何種類かの邦訳も行われている清初の文人、袁枚《えんばい》の『随園食単』であろう。

袁枚は浙江省杭州の貧乏士族の家に生まれたが、若くして官途について、江蘇省江寧府の知県などに任ぜられたりした。しかし乾隆十八年、三十八歳で翻然として職を辞すと、江寧（現在の南京）の西域の小倉山《しょうそうざん》に荒れはてた廃園を買い、これを随園と名づけて住んだので、世に随園先生とも呼ばれる。それ以後、ふたたび官につかず、この随園を気ままに経営しながら、詩文をつくる多くの門弟に取り巻かれて、悠々自適の美的生活を送った。その豪奢な生活の資を彼は売文から得ていたというから、なかなかどうして、ちゃっかりしたものである。また彼は妻妾や女弟子が多いことでも有名で、そのエピキュリアンぶりを道学先生に非難されたりしている。

この美的生活のなかから生まれたのが『随園食単』である。袁枚がこれを書いたのは七十一歳以後と推定されている。稀代の美食家が珍味を求めて四方を遊歴し、うまいものをことごとく味わいつくした末の、晩年の貴重な記録として読まれるべきものであろう。

もう一つ、ここでぜひとも指摘しておきたいのは、袁枚の生きていた時代が、遠くヨーロッパにまで鳴りひびいた、あの乾隆の盛代だったということだ。帝はその治世中、南巡六度、東巡四度、西巡五度といわれるほど、好んで大がかりな出遊を行っている。満州人である帝がしきりに南巡するのは、江南の料理に魅せられていたからだという噂があったほどで、この時代にはあらゆる消費文化とともに、料理もデカダンスの一歩手前まで進歩したのだった。そういう時代精神を体現したひととして、私たちは随園先生を眺めることもできるのである。そういえば、袁枚もたしかにデカダンスのムードを漂わせた江南のひとだったのだ。

西のブリア・サヴァランとならべて、この袁枚を東の美食家の代表たらしめようとする意見があるようだが、なるほど、これはだれでも思いつきそうな面白いアイディアだろう。時代も十八世紀で、一方がフランス他方は中国、当時のもっとも文明のすすんだ二大帝国である。快楽主義的な雰囲気の濃厚な時代に、快楽主義の申し子のように生きた二人はよく似ているような気がする。袁枚をサヴァラン流のモラリストと同列に扱うのは疑問でもあろうが、彼には彼なりの美的生活者としての深い自負があったにちがいない。ちなみに、サヴァランの『美味礼讃』は一八二五年、『随園食単』に遅れること三十二年にして刊行された。

このあたりで『随園食単』の構成や内容について、ひとわたり簡単に説明しておこう。入手しやすいテキストとして、青木正児訳註の岩波文庫本を用いる。

まず最初に作者の序文があり、つづいて「予備知識」および「警戒事項」と名づけられた一般注意事項の部分がきて、そのあとに、いわゆる食単、すなわち料理法の書きつけ、料理メモの部分がくる。分量としては、この料理メモの部分がいちばん多く、海産物（燕の巣、鱶《ふか》のひれ、あわび等）、川魚（刀魚《えつ》、ちょうざめ等）、豚肉、獣類（牛、羊、鹿、ノロをふくむ）、鳥類（鶏、雉、鳩、鴨、家鴨、雀、鶉、鵞鳥をふくむ）、有鱗水族（ふな、たなご、しいら等）、無鱗水族（うなぎ、すっぽん、蛙、蟹をふくむ）、精進料理（豆腐、にら、もやし、きのこ、たけのこ等）、小菜（あしらい物）、点心（おやつ）、飯粥、茶酒など、十二項目数百種におよんでいる。

もっとも、料理法の記述方針は必ずしも一定していなくて、材料の選択から分量や調理法にいたるまで、いやにくわしく親切に述べた項目があるかと思うと、ごく短く、いたって簡略にすませている項目もあるので、作者の気まぐれに私たちは時としていらいらさせられる。かように必ずしも実用向きとはいいがたく、作者は博識をひけらかすことを第一に心がけているのではないか、とも受けとれるのだ。

かつての八珍にかわって、近代中国料理のもっとも高級な材料とされている燕の巣や、海参《いりこ》や、鱶のひれや、あわびが「海産物の部」のトップに見えているのも注目すべきだろう。いりこ（参）あわび（鮑）鱶のひれ（翅）に魚の浮袋（肚）を加えて、参鮑翅肚《シエンバオチートウ》という定まり文句ができているが、この「海産物の部」では肚については触れられていない。

変ったところでは、「獣類の部」に果子《クオツ》狸《リー》と称する、おそらく中国南部の山地に棲む麝香猫かと思われる獣のことが出てくる。青木正児は狸の一種と見ているようだが、むしろこれは麝香猫のほうが正しいのではないだろうか。「小菜の部」にからすみ、ところてん、たにし、塩漬くらげ、そら豆などが出てくるのも近代的で面白い。

序文につづく「予備知識」と「警戒事項」の部分についても説明しておこう。

「予備知識」のなかでは「取合せを知ること」というのが私にはいちばん面白い。

「諺にいう『女を相《み》て夫に配《めあわ》す』と。『礼記』にいう『人を比べるには必ず同類と比べる』と。料理の法もこれと変りはない。およそ一物を烹《に》るには必ず輔佐《あしらい》を求める。要は淡泊なものは淡泊なものに配し、濃厚なものは濃厚なものに配し、柔は柔に配し、剛は剛に配してこそ、和合の妙はあるのである。そのなかで生臭物《なまぐさもの》にもよく、精進物にもよいのは蘑菇《モウクウ》（きのこの乾物）、鮮筍（生のたけのこ）、冬瓜《とうがん》である。生臭物によく、精進物にいけないのは葱《ねぎ》、韮《にら》、茴香《ういきょう》、新蒜《しんさん》（にんにくの芽）である。精進物によく、生臭物にいけないのは芹菜《せり》、百合《ゆりね》、刀豆《なたまめ》である。よく人が蟹の肉を燕の巣のなかに入れたり、百合を鶏や豚の肉に入れたりするのを見かけるが、あんなのは聖君堯帝と逆臣蘇峻を対坐せしめるようなもので、不釣合もはなはだしいではなかろうか。」

この対句の多い文章を見ても、なによりもまずレトリックが重視されているのを私は感じる。料理を出しにして、作者は名文を書こうとしているようにしか思われないのだ。そこが袁枚の厭味でもあり、また魅力でもある点なのであろう。むしろ私にはこちらのほうが面白い。まず「耳餐を戒む」という部分。

「警戒事項」からも引用しておこう。

「なにを耳餐というか、耳餐とは名を重んずることをいうのである。むやみに貴《たか》い物の名をならべて、客に対して大いに敬意を表するもののごとく見せかける。これは耳をもって餐《くら》わすので、口で餐わすのではない。豆腐でも味を得れば燕窩《イエンウオ》よりはるかに勝り、海菜《うみのもの》も良からざれば蔬筍《やさい》に及ばない。」

次に「目食を戒む」という部分。

「なにを目食というか、目食とは多きを貪ることをいうのである。今の人は食前方丈の名を慕うて盤をつらね碗を重ねる。これは目をもって食うのであって、口で食うのではない。ところで名手が字を書くにしても、多ければ必ず筆の誤りがある。名人が詩をつくるにしても、煩雑なれば必ず重複の句がある。名うての板前が苦心努力しても、一日のうちに作るところの好い菜は四、五味にしかすぎない。」

次に「穿鑿を戒む」という部分。穿鑿とは余計な小細工という意味らしい。

「物には本性があるから、ことさらに本性を曲げて小細工をしてはならぬ。たとえば燕の巣はそのままでよろしい、なにも搗《つ》いて団子にする必要はない。海参《いりこ》はあのままでよろしい、なにも煮つめて醬《みそ》にする必要はない。」

次に「材料の浪費を戒む」という部分。

「乱暴なる浪費者は、供給者の苦労を思わず、物資の消耗を惜しまない。鶏魚鵝鴨は首から尾まで、ともに味が備わっているのに、その小部分を取って大部分を棄てる必要はない。……真赤におこった炭火で活きながら鵝鳥《がちょう》の掌をあぶるとか、鋭利な刃物で鶏の生き肝を取るなどというに至っては、みな君子のなさざるところである。なぜならば、動物が人の役に立つなら殺してもよいが、死にたくても死ねないような、なぶり殺しはよくない。」

とかく中国料理といえば、活きながら固定した猿の頭をたたき割って、その脳味噌を匙ですくって賞味するといったような、すこぶる残酷な料理が喧伝されているようであるが、こういう方法に対して袁枚が反対を唱えているのは注目に値しよう。洗練された趣味人たる彼には、げてもの料理は肌に合わなかったのかもしれない。

次に「客に強いて勧めることを戒む」という部分。

「飲饌を準備して客を宴するは礼儀である。しかし一肴が席にのぼされた以上は、客の箸を挙ぐるにまかすべきはずである。精、肥、整、砕はおのおの好むところがあるから、客の便宜に従ってこそ道理に叶うわけで、なにも強いてこれに勧める必要はないのである。

ある所では主人が箸ではさみ取って客の前に置くのを見かけたが……これは客に非常な失礼にあたる。近ごろ娼家ではこの種の悪習がもっとも多く、箸で菜を取って無理に人の口に押しこみ、まるで強姦みたようで、ことに悪《にく》むべきである。」

消費社会というべき今日の日本にも、乾隆盛世の娼家におけるごとく、これに類した悪習がしばしば見られるのを読者は御承知であろう。それにしても「まるで強姦みたようで」とは笑わせるではないか。随園先生の筆はますます冴えている。

ただ、先生は生まれつき酒をあまり好まなかったらしく、酒飲みに対してはかなり手きびしい。「酒にふけるを戒む」という項目があって、どうせ酒飲みには料理の味は分からないのだから、正席（料理の席）と酒の席とを分けたほうがいい、などと提唱しているのだ。

といっても、利き酒には自信があったらしく、紹興酒や金華酒を佳しとして推奨している。「紹興酒は名士であり、焼酎はごろつきである」などと、例によって得意の対句をひねり出しているのも愉快ではないか。

袁枚の孫の袁祖志という男が書いている、すでに太平天国の乱によってほろびてしまった随園の思い出話によると、そこには筍をはじめとして、桜桃、枇杷、梅、李、杏、蓮根、菱、銀杏、梧桐の実などといった、四季折り折りの果物が豊富に産したという。そもそも庭園を営むのは、西も東も変らぬエピキュリアニズムの常道である。

随園には大きな蓮池があった。蓮の花は朝ひらき夜つぼむので、日暮れがた花がやがてつぼもうとするとき、袁枚はその花のなかに、龍井《ルンチン》の緑茶をそっと入れておく。翌日の早朝、花がひらくのを待って、それを取り出す。

こうして蓮の葉の上にこぼれる露を集めては、茶を淹れて客に供したという。これも孫の祖志が語っている、袁枚のいかにも風雅な随園での生活のエピソードだ。

こんな茶を飲んでいれば、どんな俗物でも多少は仙人みたいな気持にならざるをえないのではないだろうか。

龍井の緑茶という言葉が出てくるが、この自分の生まれ故郷である杭州の近くから産する茶を、袁枚はとりわけ愛用していたらしい。しかし乾隆五十一年、七十一歳の秋、初めて福建省の北境の武夷山に遊んで、彼は武夷の茶の真価をさとったという。お寺に寄ると、僧侶や道士が争って茶を出してくれるが、その茶のはいった茶碗は胡桃のように小さく、茶壺は仏《ぶ》手柑《しゅかん》のように小さい。一度に汲む量は十匁もないくらいだが、口にふくむと、すぐには呑みこむ気がしなくなる。まずその香を嗅ぎ、その味を試み、徐々に嚙みしめて吟味すると、なるほど清香は鼻を撲って、舌に甘味が残る。一杯ののち、重ねて一、二杯を試みると、心がゆったりしてくる。

袁枚は嘉慶二年、八十二歳で死んだというが、いかにも美食家にふさわしい大往生ではあった。

一代の詩宗随園先生と仰がれつつ死んだのだから、もとより彼の真骨頂は詩作にあったのだろうが、日本ではむしろ『随園食単』の作者として名を残してしまった。それに、彼には『子不語』という、『聊斎志異』に似た怪異譚集があることも周知であろう。『子不語』が刊行されたのは乾隆五十三年、彼が七十三歳の時だったというから、『随園食単』が出た時期とほぼ同じである。

晩年におよんで、彼は一方では恐怖の物語に筆を染め、もう一方では「食経」の編集に取りかかったわけである。恐怖と食欲、もしかしたら、この二つがエピキュリアンたる彼の人生の最後の快楽だったのかもしれない。そう考えると、なにやらほほえましいような気分になってくる。

II

II

ヴィーナス、処女にして娼婦

「ギリシア。そこでは大理石も海も、羊のように縮れていた」というジャン・コクトーの詩句があり、その洒落た言い回しが大いに私の気に入っているのだが、こうしたギリシアの印象を実感として把握するには、やはり実際に現地に足を運んでみる必要があるだろう。アクロポリス美術館のアテナ・ニケ像も、エレクテイオンの屋根を支える少女たちの像も、その大理石の長衣の裾がおびただしい襞となって、まさに「羊のように縮れている」のである。いや、ギリシアの神殿の円柱そのものが、縦に彫られた数多《あまた》の条溝によって、縮れているといえるかもしれない。それは、スーニオン岬から眺めるサロニカ湾の青い海が、微風に細波を立てて、やはり「羊のように縮れている」のと同様である。

この印象を得るには、ギリシアでなくて、たとえばローマのテルメ国立美術館に足を踏み入れてもよいだろう。大理石の衣裳の襞は、「ルドヴィシの玉座」の浮彫りにおいても、「ニオベの娘」においても、「ウェヌス・ゲネトリクス」(繁殖のヴィーナス)においても、それぞれ微妙な様式上の違いを見せて、私たちを圧倒するであろう。まさに羊の大群である。いったいどんな情熱があれば、これほど多くの人体と、その人体がまとう衣裳とを、これほど大量の大理石によって生ま生ましく表現することができるのか、という驚きの念を私たちは禁じえなくなる。日本の仏像彫刻の林立するのを眺めた場合などとは、明らかに印象がちがうのである。それには材質の違い、あるいは量の違いということもあるだろうが、むしろそれ以上に、リアリズムの観念の違いということがあろう。

「女体に関する何らかの抽象的概念が地中海人の胸に最初から宿っていなかったら、ヴィーナスの純化などは起りえなかったであろう」とケネス・クラーク(『ザ・ヌード』)が書いているが、この地中海人に特有な抽象的概念というやつは、どうやらリアリズムを志向する概念らしいのである。それが、あのようにおびただしい、羊の群のような大理石の襞を生ぜしめたらしいのである。しかしこのことについては、いずれ後述しよう。

「ウェヌス・ゲネトリクス」の薄衣の襞について語った文章として、ここに打ってつけというべき三島由紀夫の名文(『アポロの杯』)があるから、次に引用しておこう。

「この前五世紀の作品の模作の首と左腕と右腕の下膊は失はれてゐるが、その美しさは見る者を恍惚とさせずには置かない。何といふ優雅な姿態を傳つて、清冽な泉のやうな襞が流れ落ちてゐることか。右の乳房はあらはれてをり、さし出された左の膝は羅を透かしてほとんど露はである。その乳房と膝頭が、照應を保つて、くの字形の全身の流動感に緊張を與へ、いはばあまりに流麗にすぎるその流れを、一つの滑らかな岩のやうに堰いてゐる」

ここで本論に入る前にちょっとお断わりしておきたいのは、この論稿のなかで、おそらく私がヴィーナスという英語読みの表記と、ウェヌスというラテン語読みの表記とを併用しなければならないだろうということ、また時によっては、アプロディテというギリシア本来の名前をも使わなければならなくなるだろうということである。文章の前後の関係で、そういう止むをえないことが必ず起るだろうから、その点をあらかじめお断わりしておきたいのである。

さて、今も述べたように、ラテン語で「愛」とか「魅力」とかを意味するウェヌスは、もともと古代イタリアの菜園の少女神にすぎず、ようやくローマ時代になってから、ギリシアのアプロディテと同一視され、この女神の性格を大幅に取り入れたものにすぎなかった。したがって、ウェヌスの前身はアプロディテだといってもよいのであり、私たちは、ギリシア美術におけるヴィーナス像を問題にしようとするならば、まずその前に、当然の手続きとして、アプロディテとはいかなる女神であるかを解明しておかなければならないのである。

神話学者の説くところによると、ギリシアの愛の女神であるアプロディテは、決してギリシアだけの女神ではなく、地中海の東のオリエント諸国で、その地の民衆の言葉で呼ばれて崇拝されていた女神とも同一の神格なのである。すなわち、バビロニアでイシュタール、フェニキアでアスタルテ、アッシリアでミリッタ、カルタゴでタニト、フリギアでキュベレ、エフェソスでアルテミス、トラキアでベンディス、カナーンでアタルガティスなどと呼ばれていた、古代農耕社会における、いわゆる大地母神の一つと考えられるのだ。申すまでもなく、この古代異教世界における大地母神崇拝の背後には、大地の豊饒性と女性の多産性とを一つに結んだ観念が横たわっていて、それがキリスト教の興隆以後とはまったく異った、きわめて特徴的な性風俗を形づくっていたことが知られている。

その性風俗とは、ラットレー・テイラーが適切にも「秘蹟としてのセックス」(『歴史における性』)と呼んだように、性行為の魔術的あるいは神的な意味を認めるようなそれだった。宗教とエロスの活動とが、その根において一つに接合しているような風土——それが古代オリエントの大地母神崇拝の風土だったわけである。そして神殿売春という、現代の目から眺めればとても信じられないような制度が生み出されたのも、まさにこの風土からだったのである。

神殿売春は、小アジアから東地中海沿岸一帯の古代社会に広く分布していたが、ギリシアのアプロディテ崇拝との関連において眺めれば、その中心地はまずキュプロス島のパポスから始まり、次いでペロポンネソスの南岸の沖に浮かぶキュテーラ島に移り、最後に前八世紀、アテナイとスパルタに次いでギリシア第三の重要な都市であったコリントスに定着して、確固たるものになった。古くバビロンにおいて、すべての娘が一生に一度はイシュタールの神殿に参籠し、聖地を訪れる異邦人に身をまかせ、それによって得た報酬を大地母神に奉献するという慣習が行われていたが、このセム族の慣習がいくらか修正されて、キュプロス、キュテーラと飛石づたいに伝播し、ついにドーリス系のギリシア国家の内部にまで導き入れられたのである。

コリントスでは、すべての娘が売春の義務を帯びるのではなく、アクロコリントスの山頂にあるアプロディテの神殿に住む職業的な高等売春婦だけが、この信仰上の勤めを果していたという。ここで、くれぐれも注意しておかねばならないのは、彼女たちは聖なる宗教上の勤めを果していたのであって、決して蔑視されていたわけではなく、それどころか最高の尊敬を受ける社会的身分だったということだろう。金銭のからんだ不潔な肉欲を連想させる現代の「売春」という言葉からでは、古代の神殿娼婦たちが味わっていた職業的体験の聖なる性格を理解することは、おそらく困難なのだ。ラットレー・テイラーによれば、それは「神との霊的な交わりにほかならず、キリスト教の聖餐式が暴飲暴食と関係ないように、好色とはまったく関係ない」のである。

また『宗教とエロス』の著者ヴァルター・シューバルトは、神殿娼婦制度の精神について、それは「性愛の交わりを神聖視する太初の偉大な根本思想に基づいてのみ理解されうるものだ。すなわち性愛の交わりは、生命産出の最深の源泉としてそれ自体神聖なのであり、同時にまた、天地開闢の宇宙的初夜——世界創造の神秘——がそこで反復される象徴的行為であるがゆえに神聖なのである」と述べている。

この神殿娼婦の性格をさらに十分に理解するためには、彼女たちが仕え、みずからその化身となっていた、アプロディテという女神の性格を仔細に検討してみる必要があるだろう。前に私は、アプロディテを東方の大地母神と同じ神格の女神だと書いたが、それだけではまだ不十分なのである。とくにギリシアにおいては、やはり大地母神としての性格を有するもう一つの神格、すなわちデメテールと対比してみなければならないのだ。そうして初めて、アプロディテ固有の性格が明瞭に浮かびあがってくるはずなのである。

東方からオルギア（痛飲乱舞）の儀式を伴う大地母神の宗教がギリシア本土に押し寄せ

てきたとき、アプロディテはただちにこれと結びつき一体化したが、このオルギアの東方的性格を嫌い、最後までこれと馴染まなかったのがデメテールであった。デメテールは農作物の女神であって、野生植物の女神ではない。やがてアテナイの国家的儀式になったように、デメテールを記念するテスモポリア祭は、あくまで秩序正しく厳粛なものであった。したがって、これに参加した女たちも、未婚婦人や娼婦などではなく、すべて市民の正式の妻、既婚婦人ばかりであった。これは、アプロディテ崇拝のアドニス祭などでは、とても考えられない一種の性的禁欲の祭である。事実、祭のつづいている三日間、テスモポリア祭に参加した婦人たちは、夫婦の交わりを禁じられていたのである。

同じく大地母神の名で呼ばれてはいても、デメテールには家庭の母的な性格が強く、その祭も、女の受胎と出産の力をたたえる、まことに平和な雰囲気のものだったようである。これに反して、アプロディテは本質的に娼婦的であり、その祭には、娼婦を混えた未婚婦人の羽目をはずした乱痴気騒ぎ、淫靡な性的解放が必ず伴ったようである。これが両者の完全に相対立する性格である。

ところで、おもしろいことには、アプロディテは娼婦であると同時に、また処女でもあったということである。この点を少しくわしく述べてみよう。

『性の形而上学』の著者J・エヴォラによると、デメテール的な面とは対蹠的な、女性におけるセックスの破壊的陶酔的な力としての面を、最も見事に表現しているのはインドの大地母神ドゥルガーだという。ドゥルガーという名前は「近づきがたい者」という意味であるが、これは男にとっての処女のアナロジーだと考えてよい。彼女はまたオルギア的な儀式の女神でもあった。アスタルテやミリッタやタニトのような東地中海沿岸の女神たちも、しばしば「処女」という形容詞を冠せられる。イシュタールは「処女」であって、また同時に「大娼婦」であり「神の娼婦」である。エーゲ・アナトリア世界で用いられたポルネー（「おもねる」の意）とか、ヘタイラー（「女友達」の意）とか、パンデーモス（「俗間の」の意）とかいったアプロディテの呼び名も、その対立物である「処女」という意味をふくんでいる。そのほか、中国やイスラムの文化圏にも、娼婦であり処女であるような神格をもつ女神があり、キリスト教のマリアでさえ、処女受胎という観念を唯物論的にパラフレーズしてみれば、その禁欲主義的な外観の下から、同じ女神の神格が透けて見えるのではないだろうか。

娼婦と処女。——近代の概念においては、この二つの言葉は、まったく相矛盾し対立するかのごとくに見える。しかし古代においては、処女という言葉は、単に性的経験をもたぬ純潔な娘をさすばかりでなく、また、男と交渉をもつこともできるけれども、とくに婚姻を忌避して、男の従属物になることを拒否し、独身を守りながら、人格の主体性を確保している女をも意味していたということを知っておかねばならぬ。

このようなニュアンスのもとに眺めるとき、娼婦と処女という、一見したところ相矛盾するかのごとき二つの概念のあいだに、ある共通した要素のあることが見てとれる。つまり、いずれも妻たる身分に甘んじず、家庭生活に甘んじないという点において、現世的な配慮なしにエロスの活動に打ちこむという点において、処女と娼婦は、デメテール的な女性原理とはっきり対立しているのである。

これがつまり、同じ大地母神ではあっても、デメテール原理とは完全に対蹠的な、アプロディテという女神があらわす性格の深い意味だったのであり、また同時にそれは、アプロディテの化身として聖なる勤めを果していた、神殿娼婦という職業の女たちの秘密を説明するものでもあったわけだ。要するに、秘蹟としてのセックス、聖なるものとしてのエロスは、家庭とか国家とか、あるいは夫や子供への配慮とかいった、日常的なもの、生産的なものを超えていたのである。

ジャン・プシルスキーは名著『大女神』のなかで、この娼婦でもあり処女でもある女神が、さらに往々にして戦闘の女神でもあることを解明しているが、今までのコンテキストから眺めてみれば、この間の事情はまったく容易に理解しうるであろう。戦闘とは本質的に非日常の破壊行為であり、祭によく似た純粋消費なのである。すでに日本にも紹介されて、広く知られているロジェ・カイヨワやジョルジュ・バタイユの社会学理論からも、このことはただちに納得されよう。

さまざまなアプロディテのタイプのなかの変種として、とくにスパルタで崇拝されていた、冑をかぶって武装している姿の戦士アプロディテがあるが、これは、この女神がバビロニアのイシュタールと同じく、かつては戦士女神でもあったことを明瞭に示している。一説では、「ミロのヴィーナス」が手にアレスの楯をもった、この戦士アプロディテではなかったかともいう。もちろん、現在では両腕が欠けているので、その手に何を持っていたかを断定することはきわめて困難であり、学界でもまだ定説はないようだ。

さて、このあたりでヴィーナスの神話学から、ヴィーナスの図像学へと話題を移さねばならぬ。

自然宗教における愛の神は、もともと豊饒と再生を祈願するところから発生したので、単に性行為の呪術的な模倣ばかりでなく、また絵画や彫刻による性の具象的表現をも促した。「ヴィレンドルフのヴィーナス」の名で知られる、旧石器時代の洞窟から出た球根状の小像は、その最も初期のものであろう。もう一つ、これとよく対比される先史時代の婦人像は、ギリシア人に征服される前のキュクラデス諸島で制作された大理石の偶像で、ケネス・クラークはプラトンの「天上のヴィーナス」と「俗間のヴィーナス」の分け方にならって、前者を「植物的ヴィーナス」、後者を「結晶的ヴィーナス」と呼んでいる。なるほど、それもおもしろい分け方にはちがいないが、しかし私に言わせれば、このキュクラデスの偶像は、ヴィーナス像がデメテール的なものから脱却して、アプロディテ的なものに純化してゆく過渡期の作品ではあるまいか、という気がするのだ。

むろん、キュクラデスの偶像にも、豊饒神的な要素がまったくないわけではなく、そのほっそりした少女のような裸体像には、股間に女性性器をあらわす逆三角形の刻みこまれているものもある。しかしながら、ここには明らかに形式の自律化（クラークによれば「幾何学的な統制」）があって、エロス的なものの優勢から美的なものの優勢へ、豊饒神から美神へ、といった傾向が認められるのである。元来、愛の女神が呼び起す神聖とエロスの体験は、美以上のものであった。美は単に、宗教とエロスの活動を包括した体験を誘い出すための、一つの要素にすぎなかった。それが独立し、当初の目的から離れて、自律的な存在になろうとするのである。

しかしおもしろいことに、このキュクラデスの等身大の女性裸体像より以後、プラクシテレスその他が活躍しはじめる紀元前四世紀中頃にいたるまで、ギリシア美術には、女性裸体像がほとんど見られなくなる。先史時代の芸術家が、何の苦もなく裸体の豊饒神を制作していたのに、かえってギリシアの文明は、女性の美を裸体において表現することに長いこと抵抗をおぼえたらしいのである。私はそこに、文明の弁証法とでもいうべき、エロスと美との相剋を認めないではいられない。また逆の見方をすれば、東方から裸体のままの姿でやってきたアプロディテは、ギリシアにおいて脱エロス化された、ともいえるであろう。

もとより、このような図式化が危険であることは、私といえども重々承知している。ギリシア文明はあくまで特殊であって、ケネス・クラークも指摘しているように、アプロディテを裸体として表現することは、古い儀式の伝統によって禁じられていたのだった。だから紀元前七世紀後半から前六世紀末にわたるアルカイック期において、すでに薄衣によってヴィーナスの肉体を覆うという工夫がなされ、この伝統が有名な「ルドヴィシの玉座」（前五世紀初頭）や、さらに「ウェヌス・ゲネトリクス」（前五世紀末）の時代まで続くのである。

私は前に、コクトーの詩句を引用しながら、ギリシア美術に現われる、おびただしい大理石の衣裳の襞について言及したが、この肉体を暗示する襞こそ、かえってギリシア人の裸体に対する特殊な執着を証明するものではないだろうか。肉体を隠すべき衣裳の襞が、逆に肉体の存在を際立たせるのである。クラークのいわゆる「女体に関する抽象的概念」は、このように、弁証法的に発達するものだということを私は言いたいのである。おそらく人体に関するリアリズムの観念もまた、こうした弁証法的な発達に沿って生まれ、かつ陶冶されたのであろう。

「ルドヴィシの玉座」におけるヴィーナス像の、乳房とトルソの風景について、クラークは次のように書いている。「この楽句《パッセージ》を演奏するに当って、作者は何と巧妙に彼女の衣裳の襞を用いていることであろう。襞は彼女の肩をなぞり、乳房に押されて消え、繊細な曲線で胸の表面を覆っている。これらの襞がなかったら、胸はあまりに平板となって、持続的な美をつくらなかったはずである」と。「ウェヌス・ゲネトリクス」の衣裳の襞については、前に引用した三島由紀夫の文章を思い出していただきたい。

「ルドヴィシの玉座」のヴィーナスは、アプロディテ・アナデュオメネ（海から出るヴィーナス）である。これがヘシオドスの『神統譜』から由来した観念であって、一種の語呂合わせ（ギリシア語の泡《アプロス》との）から、アプロディテの名前の起源を説明するものともなっていることは、日本でもよく知られているらしいので、わざわざここに繰り返すまでもあるまい。神話のヴェールを取り去ってみれば、海から誕生したということは、要するに東方から、裸のままの姿でやってきたということにほかならないのである。だから、この女神を全裸の姿で表現した最初の作品である「クニドスのヴィーナス」（前四世紀中頃）は、一種の先祖返りだといえばいえないこともないだろう。

しかし先祖返りだとはいっても、すでにこの「クニドスのヴィーナス」の裸体は、かつての豊饒神のそれのように、誇張された乳房や臀や性器によって、見る者に肉体の官能性をそのまま印象づけようとしたものではなくなっている。恥部にあてられた右手が示しているように、いわば隠すことによって顕わしているのだ。

ここで初めて、美術の歴史のなかに、意識的な活動としてのエロティシズムが採り入れられたといってもよいであろう。私がこれまで、慎重にエロティシズムという言葉を使うのを避けていたのも、このためであった。すなわち性の行為や表現は、それ自体ではべつにエロティックではない。そのイメージを意識的に喚起したり、暗示したりすることがエロティックなのである。もちろん、こうした配慮は、透けた薄衣によって女神の肉体を覆わしめた「ウェヌス・ゲネトリクス」の芸術家も、すでに知ってはいた。ただプラクシテレスの功績は、あからさまな裸体のままで提示しても、なお女神の美とエロティシズムとを救済しうると信じたことであろう。

プリニウスの証言によって知られるように、この「クニドスのヴィーナス」は、最初、アプロディテ崇拝の中心地だった東エーゲ海のコス島の住民のために作られたが、古い着衣のヴィーナスを好んだ同島の住民の拒絶するところとなって、すぐ隣のクニドスに引き取られることになったという。いずれにしても、それが宗教的信仰による礼拝のための作品であって、後世におけるような、美術館に飾られるためのものでなかったことはもちろんである。今日では、残念ながら不完全な模作によってしか知りようがなくなっているが、それが五百年にわたって、あらゆる巡礼者をクニドスの聖地に惹きつける魅力の根源をなしていたということを思うと、当時における美とエロティシズムの概念の、今日とは比較にならない重要性に、私たちは驚きの念をおぼえずにはいられなくなる。陳腐な言い方だが、やはり宗教が生きていた時代だったのだと考えるしかないだろう。

明らかに「クニドスのヴィーナス」から派生したものと思われる前期ヘレニスティックの作品に、「カピトリーノのヴィーナス」と「メディチのヴィーナス」がある。両者とも、右手で乳房を、左手で恥部を隠す、いわゆるウェヌス・プディカ（恥じらいのヴィーナス）のポーズをとっている。エロティシズムとは意識的な活動だと私は前に書いたが、自分自身の裸体を意識しているという点においては、この両者は、「クニドスのヴィーナス」の比ではない。彼女らにくらべれば、クニドスのほうがはるかに無防備で、あけっぴろげで、無意識的あるいは儀式的だとさえいえよう。その肉体も、クニドスはポリュクレイトスの男性裸体のカノンに準拠しているので、カピトリーノよりはずっと男っぽい感じなのだ。

とくにケネス・クラークが指摘している点で、大いに首肯に値すると思われるのは、少し前かがみになって、右足をややうしろに引いたカピトリーノの姿勢が、同じ方向から見たクニドスにくらべて、前を包みこむような「閉じられた」構造をいっそう顕著にしているという点であろう。いかにも「恥じらいのヴィーナス」にふさわしいポーズである。ミロのヴィーナスを傴僂《せむし》のようだといったのはコクトーであるが、背中をかがめている彼女も、時に傴僂のように見えないことはない。髪型のせいで、ひどく頭でっかちに見えることもある。しかし角度によっては、はっとするような女らしい美しさを示す。私個人の好みからいえば、この作品にかなり高い評価をあたえたいのである。

「ミロのヴィーナス」はあまりに高名なので敬遠することにして、次に後期ヘレニスティックの特異なモティーフの一つ、「うずくまるヴィーナス」について述べよう。「アルルのヴィーナス」や「カプアのヴィーナス」や「シヌエッサのヴィーナス」については、ここでふれている余裕はないし、また、わざわざふれる必要もないと思われる。

ただ「うずくまるヴィーナス」は、この時期に創始され、のちに大いに利用されることになった大胆なモティーフとして、特筆に値しよう。ここでは、愛の女神は腹部に脂肪のついた、どちらかといえば中年の女性になっている。くびれて皺の寄った腹と、弾力のある腿と、肉づき豊かな腰と臀によって、成熟し切った女性の魅力を表現しようとしている。ギリシア人は、性的魅力の焦点を肉体のあちこちに分散していて、乳房や性器ばかりでな

キュレネのヴィーナス　ローマ国立テルメ美術館

く、あらゆる場所に関心をいだいていたというが、これもその見事な証拠となる一例であろう。

とくに「ヴィエンヌのヴィーナス」と通称される、ルーヴル美術館所蔵の最も美しい「うずくまるヴィーナス」の背中に、かつて彼女が伴っていた、幼児エロスの小さな手の痕跡が残っているところなどを見ると、私には、これを制作した芸術家の意図がおぼろげに分るような気がするのだ。どうやら芸術家は、彼女を背面から眺めることをも望んでいたらしいのである。事実、その背中の彎曲した線といい、それにつづく臀の肉づきといい、背面から眺めた彼女の姿態はまことに美しく、それによって昔から名高い「シラクサのヴィーナス」に優に匹敵するほどである。すでに礼拝の対象としてではなく、美的鑑賞の対象として、芸術家はこれを制作したのではなかったろうか。そんな疑いをいだかしめるに十分なヴィーナス像なのである。

こうした後期ヘレニスティックに特有な、ギリシア人の臀フェティシズムの頂点を示す作品が「カリピュゴスのアプロディテ」（美しい臀のヴィーナス）と呼ばれる女神像であろう。彼女は長い衣裳の裾を持ちあげて、水に映る自分の臀の美しさに見惚れている。首を右にねじ曲げて、肩越しに眺めおろしているので、右肩が下がり、右足がややうしろに退き、身体ぜんたいが幾らか右旋回しているような印象をあたえる。軽快な踊りの身ぶりのようである。その臀にはといえば、一般に「ミカエルの菱形」と呼ばれて、美しい臀の特徴とされている二つの笑窪《えくぼ》のような窪みが、背骨から左右五センチばかりのところに、くっきりと愛らしく刻印されている。ちなみに、このヴィーナスはサド侯爵が鍾愛《しょうあい》したものだった。

従来の正統的な美術史概論では、このようなヘレニスティック期の奇抜なヴィーナス像は、ひたすらデカダン的、病的なものと見なされ、クラシック期のそれにくらべて低い地位しかあたえられていないのが通例であるけれども、私は必ずしも、そのような見方に与《くみ》しない。将来において、それがどんな評価を受けるようになるかは、私たちの予想を越えているからである。たとえば、やはりこれもヘレニスティック期の頽廃的な芸術上の産物と考えられていたヘルマプロディトス（両性具有者）像は、最近の神話学の研究では、きわめて古い本源的なタイプの神格像であったことが証明されている。それによって、やがては美術史上の評価も変ってくるかもしれないのである。

十六世紀以降の美術史の流れのなかで、ヴィーナス像の評価も、それぞれの時代思潮の影響を蒙りつつ、幾多の変遷を経てきたのである。かつてはあれほど評判の高かった「メディチのヴィーナス」も「シラクサのヴィーナス」も、現在では「クニドスのヴィーナス」や「ミロのヴィーナス」の盛名に、とても敵しうるものではない。それと同様に、将来において、今日では頽廃美術として貶《おとし》められている作品が、どんな名誉回復を実現するかは予測しがたいのである。とくに最近の学際的研究の勃興によって、単に様式の変遷を跡づけるのみの美術史の定形が打破されつつあるのを見るとき、私には、頽廃的などという貶下《へんげ》的な言葉は、よほど用心してでなければ使えないような気がするのだ。

閑話休題。私は最後に、私の好きな「キュレネのヴィーナス」（前一〇〇年頃）を語ることによって、このエッセーを終らせたいと思う。

テルメ美術館で眺められる「キュレネのヴィーナス」は、ローマ時代の模作とされているものであり、頭も両腕も欠けているが、それでも不思議な魅力を発散していて、私たちを惹きつけてやまない。クラークは「今なお何か洗練された官能のスリルを発散している」と述べているが、まさにその通りであろう。その肉体が非常にモダーンで、若々しくすらりとしているのも好ましい。とくに斜め横から見た時の臀の形などは、引き緊まって釣りあがって、とても女神のものとは思えない。さらに、青味をおびて光沢のある大理石のマティエールが、手に吸いつくような感じをあたえるのも印象的である。腹部から「ヴィーナスの丘」にいたる引き緊まった筋肉の美しさも、絶妙である。

たとえ女神としての威厳は疾《と》うに喪失していたにせよ、処女にして娼婦であるというアプロディテ本来の艶なる性格は、この顔のない「キュレネのヴィーナス」の肉体のなかにも、なお依然として生きているのではないか、と私は女神像を眺めながら、つくづく思った。顔はかえって無いほうがよいのかもしれない、と思った。この魅力的なトルソにふさわしい顔というものを、私は想像することができなかったからである。

ベルギー象徴派の画家たち

ベルギー象徴派という呼称が、一つのエコールとまではいかなくても、十九世紀末のベルギーの画家たちの運動に冠せられるようになったのは、それほど古くからのことではないだろう。広い意味での象徴派といえば、私たちは明治以来、たとえばイギリスのラファエル前派、フランスのギュスターヴ・モローやオディロン・ルドン、分離派と呼ばれたドイツのベックリンやシュトゥックやクリンガーなどに親しんできたものだが、ベルギーのそれについては、ごく最近にいたるまで、ほとんど知るところがなかった。これはヨーロッパでも事情が同じで、世紀末のベルギーの画家たちの運動を包括的に捉える視点は、十九世紀の文学や美術の研究のいちじるしくすすんだ、ごく最近の成果だといってもよいのである。

一つには、十九世紀フランスにおける象徴主義文学の研究がすすむとともに、そこに大きく浮かびあがってきた、薔薇十字団運動の大立者ジョゼファン・ペラダンとの関連から、ベルギーにひとびとの目がそそがれるようになったのではないかと思われる。このことは見過ごされがちだが、意外に大事なことだ。

魔術や隠秘学の領域ばかりでなく、当時の芸術や思想のあらゆる分野に、表立ってはいないが無視すべからざる大きな影響をおよぼした謎の人物、サール・ジョゼファン・ペラダンについては、私はかつて『悪魔のいる文学史』という著述のなかで、その思想や作品をかなりくわしく論じたことがある。ペラダンが協力者のスタニスラス・ド・ガイタと別れて、新たに「カトリック薔薇十字会」なる結社を設立し、キリスト教の理想に奉仕する隠秘学の運動をはじめることを宣言したのは一八九〇年のことだった。これが一八九二年の第一回薔薇十字展につながる組織である。

パリのデュラン・リュエル画廊でひらかれた第一回薔薇十字展のカタログには、次のような序文が書かれていた。むろん筆者はペラダンである。

「芸術家よ、きみは司祭だ。芸術は大いなる秘儀であり、きみの努力がついに傑作を生み出すとき、神秘な光が祭壇の上に降りてくるように降りてくる。おお、至高の名のもとに光り輝やく生きた神々、ヴィンチよ、ラファエロよ、ミケランジェロよ、ベートーヴェンよ、そしてワグナーよ。芸術家よ、きみは王だ。芸術は真の王国であり、きみの手が完璧な一行を書くとき、天使ケルビムそのものが鏡のなかに降りてくるように降りてくる……」

このような神秘主義の呼びかけを伴った美術展が、世の常の造形芸術上の運動とおのずから違っていたのは明らかだろう。薔薇十字展の会場は、その主宰者であったペラダンの思想をそのまま反映して、それまでの十九世紀美術の主流であったリアリズムや自然主義や印象主義を断乎として排した、曖昧模糊たる神秘主義と象徴主義の手をむすんだ、一種異様なムード的絵画のならぶ展覧会場となったのである。

ところで、ペラダンはベルギーに多く信奉者を有しており、また彼自身もベルギーの美術に大きな関心を寄せていた。まず彼が自分の理想にもっとも近いと思ったのは、ボードレールが「あわれなベルギー」のなかで、ベルギーにおける唯一の芸術家と認めたフェリシアン・ロップスである。ロップスはペラダンの処女作『至上の悪徳』の扉絵を描いている。ベルギー象徴派のなかで、一八三三年生まれのロップスは大先輩アントワヌ・ヴィールツとともに、別格の存在と考えてよいだろう。銅版画を主とする本質的に挿絵の画家であったロップスは、薔薇十字展にも出品していないし、薔薇十字の理想とも完全に無縁なひとだったと思われる。

次にペラダンが魅惑され、その後長く自分の影響力をおよぼすことになったのは、早くからイギリスのラファエル前派やモローに心酔していたフェルナン・クノッフである。ペラダンに熱心に誘われて、彼は第一回薔薇十字展に「スフィンクス」を出品した。一八九二年から九七年まで前後六回も開催された薔薇十字展に、都合四回も出品しているのはクノッフとジャン・デルヴィル、それにアンリ・オットヴェールの三人だけである。彼らのほかにも、同展に出品したベルギー人の画家の数は多く、ファブリ、モラン、チャンベルラーニ、ミンヌ、メレリなどがいる。

もともと国際的な性格をおびていたとはいえ、なぜパリで発生した薔薇十字団の理想がとくにベルギーの画壇で受け容れられたのか、という問題は興味をそそる。簡単に解明しうる問題ではなかろうが、中世およびルネサンス期にあれほど豊かな実りを見せたフランドル絵画の伝統が、時代をへだてて、パリからの神秘主義の呼びかけに答えたのだ、とでもいっておこうか。

ペラダンの理想によれば、芸術とは一種の宗教にほかならなかったので、デルヴィルのような神秘家の魂には、それがもっとも自然に受け容れられたのにちがいない。デルヴィルの画中にみちあふれている神秘な光と、渦動状態をなした奇妙な流体の運動とは、彼の神秘家の魂をまざまざとあらわしているように思われる。反対派がしきりに悪口をいったように、彼の絵はまったく曖昧で朦朧としているのである。

「おお、ジョコンダの妹よ、おお、物思わしげなスフィンクスよ、おんみを愛す」とペラダンがいっている。男の顔と、女の乳房と、獅子の体軀をしたスフィンクスこそ、ペラダンの芸術の理想像たるアンドロギュヌス（両性具有）の観念を具象化した、もっとも古い異教的なイメージだった。女の顔ならば、スフィンクスではなくてスファンジュである。クノッフが第一回の薔薇十字展に「スフィンクス」を出品したことは前に述べたが、スフィンクスやスファンジュのモティーフは彼だけのものではなかった。いわば象徴派の強迫観念みたいなもので、ちょっと思い出すだけでもモローが、シュトゥックが、ロップスが、それぞれスフィンクスを描いている。

上半身裸体の若者と女の顔をした豹が互いに顔を寄せて愛撫を交わしている、クノッフの代表作と目されている「芸術あるいは愛撫」にしても、批評家によってはいやにむずかしく解釈する向きもあるようだが、要するにアンドロギュヌスとしてのスファンジュだと思って差支えあるまい。クノッフにはまた、女の顔に鳥の体軀をした「眠るメドゥーサ」とか、やはり一種のスファンジュを描いた「天使あるいは獣性」（「ヴェラーレンとともに――天使」）とかいった同系列の作品があることを指摘しておこう。

おそらくベルギー象徴派のなかで、当時、もっとも汎ヨーロッパ的な名声をえた画家はクノッフであったろう。長詩『スフィンクス』の作者オスカー・ワイルドは彼に惚れこんでいて、その『レディング監獄の歌』の挿絵を彼に描いてもらうことを望んでいた。オーストリア皇帝は、アナキストに暗殺された皇妃エリザベート、あのルドヴィヒ二世と仲のよかったエリザベートの肖像を、彼女が死んでから、写真を頼りにクノッフに描いてもらおうとした。第二回薔薇十字展カタログの序文に、クノッフを絶讃していたペラダンは次のように書いた。

「私はあなたをギュスターヴ・モロー、バーン・ジョーンズ、シャヴァンヌ、ロップスに匹敵すると思う。私はあなたをすばらしい巨匠だと思う。『沈黙』『スファンジュ』『シメールの騎士』などは傑作である。私は私の良き意図を支持してくれる天使に祈る、あなたが薔薇十字団の理想に忠実でありますように、と。」

ペラダンが望んだように、たしかにクノッフは終始一貫、薔薇十字展の人気作家であった。ただ、その達者すぎるところが、時としてフランスの美術批評家をいらいらさせたようだ。象徴派の理論家ともいうべき若いアルベール・オーリエは、クノッフを「オカルティズムのブグロー」と呼んだ。ブグローというのは、今でいえばスーパーリアリズムみたいな絵を描くアカデミックな巨匠である。また同じく批評家のフェリックス・フェネオンは、第一回の薔薇十字展を見て次のように否定的意見を述べた。

「フェルナン・クノップフ氏や彼の仲間の出品者たちに次のことを理解させるのは無理だろう、すなわち絵画というものは、まずそのリズムによって魅惑しなければならないということ、文学的な意味の過剰な主題を選ぶことによって、画家はあまりにも謙譲の美徳を発揮してしまうということ。」

必ずしもクノップフに対してだけでなく、たとえばモローのような、象徴的神話的な主題を選ぶ多くの画家に対しても同じように通じるだろうが、このフェネオンの意見は、かなり辛辣な意見というべきだ。

フィリップ・ジュリアンは『象徴派の画家たち』(一九七三年)のなかで、クノップフの大作「メモリーズ」を「サンボリスムの『グランド・ジャット』」と呼びうるかもしれない」といっているが、これはおもしろい意見だと思う。周知のように、スーラの「グランド・ジャット島の日曜日の午後」は、新印象主義の確立を告げるものとして世に喧伝されていた。そう思って見ると、人物の配置や構図の点で、「メモリーズ」は「グランド・ジャット」に似ていないこともないのである。ただ、後者はいかにもブルジョワ的な行楽気分と、のどかな午後の日ざしを感じさせるが、前者にはちょっとアメリカのワイエスを思わせるような、黄昏のなかの疎外感にみちた郷愁の雰囲気があるような気がする。

七人の女が思い思いのポーズで、ラケットをもって野原に立っている。帽子や衣裳やポーズはそれぞれ違うが、よく見ると、七人の女はすべて同じ女であることが分る。『ベルギー象徴主義』(一九七一年)の著者フランシーヌ・クレール・ルグランは、この「メモリーズ」の女たちが「存在間のコミュニケーションの不可能を示している」といっている。この女たちが衣裳をぬいで裸体になれば、そのままデルヴォーの絵のなかの人物になるかもしれない。そんなことを感じさせる絵で、ともかくこれがクノップフの最良の作品の一つであることは間違いないだろう。

私の考えるのに、薔薇十字展を代表する二人のベルギーの画家、クノップフおよびデルヴィルは、どこかどこまで対照的な画家である。前者が静的、固定的、寒冷的であるのに対して、後者は動的、流体的、狂熱的であるといったらよいだろうか。

たとえばデルヴィルの代表作ともいうべき「スチュアート・メリル夫人の肖像」を見ても、これが一種のトランス状態にある女の表現であることは明瞭だろう。髪の毛は逆立って後光のように輝き、眼は引きつって上方を凝視している。なによりも、全体に赤っぽい光がみちあふれているのが異様である。この赤い光は別の作品「悪魔の宝物」にも見られるところだ。「魂の愛」「光の天使」「トリスタンとイゾルデ」のような作品でも、人体はつねに細長く伸ばされ、顔は恍惚状態にあるかのように、しばしば目をとじてのけぞっている。クノップフの女たちが、一度でもこんな表情を見せたろうか。

薔薇十字展には出品しなかったが、ベルギー象徴派に属する画家たちのなかで、もっとも目をそば立たせる奇妙な画家はウィリアム・ドゥグーヴ・ド・ヌンクとレオン・フレデリックであろう。

ドゥグーヴ・ド・ヌンクは人間のいない風景や、ひっそりとした空虚な建物や、鳥や天使のいる夜の庭園などを好んで描くが、その様式化された空間にただよう雰囲気はどことなく現代のルネ・マグリットに通じるものがある。おそらくベルギー独特の静謐の感覚なのだろう。

いっぽう、レオン・フレデリックは好んで裸体の子どもの大集団を描く。大瀑布に押し流されて、フィリップ・オットー・ルンゲの描くような、おびただしい数の子どもたちが積み重なり、目路はるかまで延々と連なっているところを見ると、これまた私たちは異様な感覚を味わわされる。

クノップフの最初の師だったというグザヴィエ・メレリの、どこか寓意的に様式化された男女の人体表現も、フィリップ・ジュリアンはあまり評価しないようだが、私には大そう好ましいものだ。とくに「秋」と題された、三人の黒衣の女が樹上から落ちてきて、蜘蛛の巣にひっかかろうとしている絵などには、ふしぎな魅力を感じないわけにはいかない。

こうしてみると、世紀末のベルギー象徴派はきわめて多士済々であり、しかも彼らに無視すべからざる風土的な共通点のあるらしいことも看取されて、イギリスのラファエル前派とも、フランスのモローやルドンとも、またドイツの分離派とも明らかに違った、独特な神秘主義の幻想絵画を生み出していたという事実に私たちは気がつくであろう。

アタナシウス・キルヒャーについて

――略伝と驚異博物館

アナモルフォーズに関する本のなかで、美術史家のユルギス・バルトルシャイティスが次のように述べている。

「フルダの近くで生まれたイエズス会士アタナシウス・キルヒャー師は、あらゆる領域に首を突っこんだ奇人であり、珍奇なものの蒐集家であり、驚異博物館の所有者であり、そして韜晦趣味のある大学者であった。一六三三年、彼はスエーデン軍の占領を逃れるために、東洋語と哲学を教えていたヴュルツブルクの地を去って、しばらくアヴィニョンにいたが、最後にはローマに落着いた。彼の厖大な作品は古代エジプトとその言語、その象形文字、エジプト起源の文明を有するという支那、磁気学と磁石、音楽、天上界地上界および地下世界、光と影、暗号の秘密などに及んでいた。それは純粋科学とオカルト学、正しい判断力と非常識、百科全書的構成と奇事異聞との混淆であった。ドイツのイエズス会士のもとで彼の評判を伝え聞いたデカルトは、メルセンヌ師を通じて彼と親交を結ぼうとした。」

アタナシウス・キルヒャーという、マニエリスム後期のもっとも風変りな知識人のおよその概念を得るために、これはまことに簡にして要を得た紹介文というべきであろう。バルトルシャイティスは、自著のなかで好んでキルヒャーについて語る、現代におけるマニエリスティックな美術研究の第一人者である。ちょっと思い浮かぶだけでも、『錯誤、形体の伝説』『イシスの探索』『アナモルフォーズ』『鏡』などといった諸著作のなかで、彼はキルヒャーについて多くのページを割いている。

私も良き先達バルトルシャイティスにみちびかれて、これまでいくつかのエッセーのなかにキルヒャーを登場させたことがある。すなわち、「A・キルヒャーと遊戯機械の発明」（『黄金時代』所収）のなかで、万能の学者としてのキルヒャーの好奇心や空想力について書き、「石の夢」（『胡桃の中の世界』所収）のなかで、キルヒャーの地下世界や鉱物学に対する関心について書き、「姉の力」（『思考の紋章学』所収）のなかで、キルヒャーのエジプト学と『支那図説』について書いた。これらのテーマに興味のある方は、それぞれのエッセーをごらんいただきたい。ここでは、重複を避けて、いままで私が書いたことのないことを書こうと思う。

まずキルヒャーの伝記を、私の知り得た範囲で、ややくわしく書いておきたい。

彼は一六〇二年五月二日、ザクセン・ワイマール大公国の町フルダに近い、人口千五百ほどの小村ガイッセンで生まれている。九人兄弟の末子であった。父は非常に信心ぶかい男で、ニカイア公会議で異端アリウスを論駁した聖アタナシウスを尊敬していたので、息子に聖人と同じ名前をつけたのだという。ただ信心ぶかいだけでなく、父はまた学問好きで、家には蔵書がたくさんあったので、キルヒャーは少年時代からすでに学問的な雰囲気のなかにいた。青春期に三回、奇蹟的に死を免れたことが、彼をして宗教生活に入らしめる動機になった。一六一八年、パーダーボルンで修道士としての第一歩を踏み出した彼は、いろんな町で教育を受け、一六二八年、初めて司祭に任命された。その後シュパイヤー、マインツなどで家庭教師をやってから、ヴュルツブルクの大学で教鞭をとるようになった。

三十年戦争でグスタフ・アドルフの軍隊が侵入してくると、キルヒャーはヴュルツブルクを去って、一六三三年、アヴィニョンのイエズス会士のもとに身を寄せる。雨と霧のドイツから明るいプロヴァンス地方へ移って、彼は東洋へきたような気がしたという。二年間、彼は数学教授としてアヴィニョンに滞在する。ここで彼が知り合った人物のなかで特筆すべきは、画家ルーベンスの友人で、古銭の蒐集家で、ガリレオの弁護者であったプロヴァンス高等法院判事ニコラ＝クロード・ファブリ・ド・ペレスクであろう。キルヒャーより二十歳近くも年長だが、このディレッタント的気質をもったフランスの大貴族と知り合って、彼はずいぶん多方面の恩恵を受けたようである。エックスの自宅へ招待されたとき、キルヒャーはペレスクのために磁気時計の実験をしてみせた。キルヒャーがエジプト学に意欲を燃やしていることを知ると、ペレスクは貴重なアラビア語の辞書をジェノヴァで彼のために求めさせた。

一六三五年、キルヒャーはローマに居を移し、以後死ぬまで、この町に住みつづけることになる。バルベリーニ枢機卿の保護を受けて、次第に学者として重んじられるようになる。彼がどんな経緯でコプト語の研究をはじめるようになったか、いかにして皇帝フェルディナンド三世の援助を得て、大著『オエディプス・アエギプティアクス』および『支那図説』を刊行したかについては、すでに書いたので繰り返さない。

ローマで八年間、数学教授としての勤めをはたした後、キルヒャーは上司の許可を得て、自分の好きな研究に専念することになった。そのころには、すでに彼にはすぐれたパトロンがついていた。前記のフェルディナンド三世のほかに、その子レオポルド一世、バイエルン選挙侯、それにグスタヴス・セレヌスなる筆名で、みずからも暗号法に関する著作をしていたブラウンシュヴァイク公などである。また彼には優秀な弟子もついた。第一に挙げるべきは、キルヒャーの名声を伝え聞いてローマへやってきた、パレルモの物理学教授カスパル・ショットであろう。やはりイエズス会士で、『マギア・ウニウェルサリス』という興味ぶかい本を書いたが、このなかでショットは師についての多くの逸話を語っている。とくに「動物音楽会」のエピソードなどが面白いが、これも前に書いたことがあるから、ここではふれないでおく。

生涯の最後まで、キルヒャーは変らぬ熱意をもって研究にいそしんだ。彼こそは仕事を遊びとする、根っからのホモ・ルーデンスだったのであろう。死んだのは一六八〇年、胃の病気のためだった。遺言の通り、キルヒャー師の心臓はラ・メントレッラ教会の内陣の、聖母の祭壇の下に納められた。この教会はラティウム地方の切り立った岩山の頂きにあって、かつては荒れ果てたすがたをさらしていたが、たまたまキルヒャーが発見して、復興させたものだった。聖エウスタキウスが狩をしている最中、鹿の角のあいだに十字架の形をした明るい光を見て、キリスト教信者になったという伝説があるが、そのエウスタキウスが十字架の幻影を見た場所が、このラ・メントレッラ教会のある岩山だということになっていたのである。キルヒャーはこの奇蹟の物語が大いに気に入ったらしく、エウスタキウスの伝記を書いたばかりか、死後、自分の心臓をも同教会に葬ったのであった。

以上でキルヒャーの略伝は終るが、次に彼の名声を内外に高からしめた、例の驚異博物館についても述べておきたい。

それはラテン語でムサエウム・キルケリアヌム（キルヒャー博物館）といい、あたかも彼自身の精神あるいは作品のように、一つの雑然たる寄せ集めなのである。貴重なものがあるかと思うと、すぐその隣りには、まったく無価値なものが並んでいる。といっても現在では、どこまでがキルヒャー自身の手による蒐集なのか、カタログだけからではとても見分けがつかないようだ。そもそも最初は一六五〇年ごろ、トスカナ出身のローマ元老院書記官アルフォンソ・ドンニーノという者がコレクションをはじめて、これをイエズス会のグレゴリアン大学に遺贈したのだった。コレクションはやがてローマ学院の図書館に付属したギャラリーに移され、キルヒャーがこれを管理することを委任された。だから、最初は彼の蒐集ではなかったのである。

しかしキルヒャーは、コレクションの管理を委任されるや、俄然これに深甚な興味をいだきはじめ、蒐集品を選別したり殖やしたりすることに熱中し出した。それは彼の性質から考えて、ごく当然なことだったにちがいない。彼のさかんなPRの結果、珍奇なオブジェがぞくぞく、貴族や王侯から送られてくるようになったし、品物を買うための金を寄付してくれる者も出てきた。こうして集められたオブジェのなかには、たとえば石棺やオベリスクのような古代のモニュメントの断片だとか、ランプだとか、剝製の動物だとか、植物の標本だとか、世界各地の衣裳だとか、水や空気の力を応用した機械だとか、光学機械だとか、計算器だとかいったものがあった。一六七八年、キルヒャーの部下として働いていたイタリア人の機械技師が、蒐集品の簡単なカタログをつくって出版した。

著名人が博物館を見にくると、キルヒャーはみずから先に立って案内したという。なにか相手をびっくりさせるような特別な仕掛けを、いつも彼は用意していたという。クリスティナ女王を博物館に迎えた時には、彼はアルベルトゥス・マグヌスがつくった自動人形のような、こちらの質問に返事をする「口のきける人形」をつくって、女王を驚かそうと考えたようだった。

キルヒャーの死後も、博物館は大きく発展したらしい。イタリア人のイエズス会士フィリッポ・ブオナンニ師が一六九八年、彼の跡をついで館長になったからである。ブオナンニはすぐれた博物学者で、一七〇九年、『キルヒャー博物館』という一種の綜合目録のような本を出した。そのなかで、彼は蒐集品を十二のカテゴリーに分類している。すなわち偶像および祭具、祈願のために奉納された絵馬、ローマ近郊で発掘された古代の墓や墓碑銘、ランプおよび骨壺、古代の珍しい遺品、外国産の珍品、奇石および化石、珍動物や鉱物や塩、機械類、メダイユ、顕微鏡およびプレパラート、貝殻である。この最後のカテゴリーは、とくにブオナンニによって豊富にされたようである。約八百種の貝殻を展示するために、彼は特別の整理棚を考案したという。

キルヒャー博物館のその後の運命については、ごく簡単に述べるにとどめよう。館長が次々に変ったり、一七七三年にはイエズス会が禁圧されたりして、博物館もいろいろな紆余曲折を経たことは経たが、とにかく十九世紀の後半まで、それは観光客を集めて立派に存続していたのだった。それが一八七〇年になると、イタリア政府の所有物となって、博物館の性格が一変してしまう。キルヒャー博物館は考古学博物館になってしまうのである。さらに一九一五年、文部省の指示で、収蔵品のすべてをローマの三つの博物館に分散することを命じられる。三つの博物館とは、テルメ美術館、ヴィラ・ジウリア美術館、サン・タンジェロ博物館である。こうしてアタナシウス・キルヒャー師の驚異博物館は完全に消滅してしまうのである。

シュヴァルと理想の宮殿

王や貴族や専制君主や大富豪が、そのありあまる権力と人力と財力とに物をいわせて、壮大きわまる城やモニュメントを造営したというような話は、洋の東西を問わず、神話の時代から最近の現代にいたるまで、いくつとなく語り伝えられている。

ちょっと頭に思い浮かぶだけでも、たとえば女王セミラミスはバビロンの架空庭園やバベルの塔を築いたし、秦の始皇帝は阿房宮や万里の長城を築いた。スペインのフェリペ二世はエル・エスコリアル宮を築いたし、織田信長は安土城を築いた。バヴァリアのルードウィヒ二世はノイシュヴァンシュタインを建てたし、『ヴァテック』の著者ベックフォードはフォントヒルの城館を建てた。オーソン・ウェルズの最初の映画作品『市民ケーン』

のモデルとされるアメリカの新聞王ウィリアム・ランドルフ・ハーストは、カリフォルニアのサン・シメオンにメキシコ・マウル様式の大邸宅を建てた。この大邸宅には、ルネサンス時代の君主の居館のように動物園も付属していたそうである。

しかし、彼らは要するに権力者であり大富豪であった。権力者が権力を誇示するために、権力意志の集中的表現ともいうべき城やモニュメントを築こうとするのは当然だろう。なぜなら城とは、その実用的な目的を別とすれば、権力意志を演出するための建築空間にほかならないからだ。

城を築くという行為のなかには、よしんばそれがどんなに小さな城であれ、必ず権力意志の萌芽が認められるのではないだろうか。現代のサラリーマンがマンションの一室を自分の部屋ときめて、「これがおれの城だ」と宣言する場合にも、私はそこに小さな権力意志の匂いをかぎつける。それは被保護の願望、つまり胎内願望と見分けがたくなった一種の権力意志だ。さて、私がここで注目したいのは、権力や財力にはそれほど恵まれていなかったにもかかわらず、おのれの不屈の精神によって、その時代の公認の建築とはまったく異った、独特な自分の城を築きあげることに成功した稀なる人間である。権力者でなかったにもかかわらず、いわば権力意志を演出することに成功した稀なる人間である。

むろん、そういう人間はたくさんはいなかろう。イタリアのボマルツォの庭園を造ったのも、パレルモのパラゴニア荘を造ったのも、いずれも封建時代の貴族であるから、この無権力という資格には欠けるように思われる。もっとささやかな例を考えてみよう。フランスの女流作家コレットは若いころ、夫のウィリーとともに、十七万五千個のコンフェッティ（謝肉祭の時に投げ合う石膏の玉）で飾られたアパルトマンに住んだことがあると述べているが、こんな例なら、ほかにも見つけることができるのではないか。

十九世紀の銅版画家のブレダンは、自分のアパルトマンを一種の菜園にしていたらしい。それは青々と繁茂して、どこに足を踏み入れたらよいか分らないような有様だったという。そうかと思うと、パリ十六区の或るアパルトマンの管理人のごときは、その管理人室の壁をガラス張りにして、そこに蜥蜴だの蛇だのを飼っていたという。似たような例は日本にもあって、将軍綱吉のころ、奢侈をきわめたとして闕所になった江戸の豪商石川六兵衛の邸は、水晶の格天井に水をたたえて金魚を遊ばせていたらしい。もっとも、この石川六兵衛も豪商だから、ここに採りあげられる資格には欠けるかもしれない。

マケドニアの建築家ディノクラテスはアレクサンドロス大王のために、アトス山そのものを巨大な一個の男身像と化せしめたというが、イギリス十八世紀の放蕩貴族フランシス・ダッシュウッドは、バッキンガムシャーの邸宅の庭に小さな山を築いたり樹を植えたりして、女のヌードの形をつくらせた。しかしこれも金持の貴族の道楽だから、ここに採

19世紀末　仕事をしている郵便屋シュヴァルと理想の宮殿
(ダゲレオタイプ撮影)

りあげられる資格には欠けるだろう。

やはり十八世紀のフランスのシャルル・ド・ヴィレット侯爵は、ヴォルテールの讃美者として知られているが、その邸のいちばん高いところにある部屋に住んでいて、その部屋にはいつも椅子を積み重ねてよじ登っていたという。部屋の壁はすべてガラス張りで、室内には噴水があり、大小さまざまな灌木が茂っており、灌木の枝には鳥がとまっていた。これも変った趣味だが、同じく貴族だから論外とせねばならぬ。

こうしてみると、まったく権力や財力のバックなしに、ただ自分の手と脚とを用いるだけで、あの壮大な理想の宮殿を独力で完成した郵便配達夫シュヴァルのような男の例は、きわめて稀有な例といわなければならぬだろう。

フェルディナン・シュヴァルは一八三六年、ドローム県のオートリヴに近いシャルムという寒村に生まれた、なんの財産もない一介の農夫の子にすぎなかったが、郵便配達夫という職業のかたわら、道ばたで拾った石を丹念に集めては、それを一つ一つセメントで固め、ついにあの前代未聞のモニュメントを完成したのだった。それは文字通り不屈の精神の賜物である。

シュヴァル自身が記録として残したところによると、彼は一八七九年、四十三歳の時に仕事をはじめたそうである。或る日、彼は奇妙な形の小石を拾って、家に持ち帰った。そして翌日、同じ場所へ行ってみると、さらにおもしろい形の小石が見つかった。それらは、いろんな動物の形に見えるのだ。こうして彼は、石集めに夢中になり、この楽しい仕事に運命の神の啓示を見たと信じたのである。

シュヴァルの仕事が、まず石のコレクションからはじまったということは暗示的である。いわゆる素朴芸術の作者に多く見られる傾向として、コレクションは逸すべからざるものだろうと思われるからだ。ルソーやクレパンをはじめとする、素朴芸術の作者たちの丹念な仕事ぶりはコレクションと一脈通じるのである。かつてアルプスの氷河が押し出した沖積土に覆われている、この南フランスの一帯が石を豊富に産する地方だということも忘れるべきではあるまい。その素朴芸術家的な気質とともに、その住んでいる地方の風土が、シュヴァルの夢の実現のために手を貸してくれたのである。

「私は道を歩きながら、不可能という言葉は存在しないといったナポレオンのことを考えていた」とシュヴァルは書いている。また次のような誇らしげな言葉を見られたい。「古今無比の、世界でもっとも独創的なモニュメント。たった一人の男が、この厖大な仕事を独力で完成するのに、三十四年の片意地な努力を要した」と。こんなところに、私は素朴な権力意志の匂いをかぎつけるのである。

最初のうちはポケットに入れて持ち帰ったが、やがて籠を用いるようになり、さらに手押車を用いるようになった。村人は彼を狂人あつかいしていたし、妻も、この労多くして無益な仕事には大いに不満であったとおぼしい。すべてのひとに嘲弄されながら、彼はこの宮殿の基礎工事に取りかかった。まず滝をつくることから始めたが、この仕事に二十二カ月間かかった。次に彼は、正面を三つの巨人像に護られた洞窟の建設に取りかかったが、これには三年間を要した。モニュメントは全長二十六メートル、幅十四メートル、高さ十二メートルである。全部を完成するには二十五年間を要した。

イスラムのモスクみたいな部分があるかと思うと、インドの神殿みたいなところもあり、アンコール・ワットを思わせるようなところもある。かように様式ははなはだ不統一、いかにも無学な素人建築家の作品らしいが、いわゆる素朴芸術に特有な、無垢な感動を呼び起す一途なところがある。建築のまわりにはサボテンや、棕櫚や、アロエの樹が植えてある。随所にエキゾティックな動物、紅鶴や、豹や、駝鳥や、象や、鰐などの彫刻があり、それらの動物のあいだに混って、聖書のなかの人物、天使や、巡礼者や、四人の福音記者たちや、聖母マリアなどの姿が見えるが、いずれもロマネスクの彫刻のように素朴で愛すべき形態を示している。

特筆すべきは、このモニュメントがいかなる点から見ても、人間の住むべき空間ではないということであろう。シュヴァル自身も、自分がそこに住もうなどとは考えたことさえないらしく、ただ外からこれを眺めていれば満足だったのである。無益といえば、これ以上に無益な空間は考えられまい。

七十六歳のとき、シュヴァルは完成したモニュメントを塀で囲い、初めて見物人を内部に迎え入れた。壁の凹んだところに、彼は自分の使った建築用具を大事にしまっておき、長年愛用した手押車は、いちばん奥の立派な場所に安置しておいた。結果的にいえば、手押車を安置するために、手押車を使って建てたモニュメントがこれだったわけである。なにやら堂々めぐりのパラドックスのような、この手押車の存在こそ、無益であるがゆえに神秘的な感じさえ呼び起す、このモニュメントのシンボルというにふさわしい存在であろう。

郵便配達夫シュヴァルとその理想の宮殿が、一躍、美術界の関心を呼びさますようになったのは、一九三〇年代になって、シュルレアリスムの詩人アンドレ・ブルトンがここを訪問してからのことである。いまでは、シュヴァルはシュルレアリスムの先駆者の一人として、その方面の文献には必ず名前が載っている。一九六九年には、文化相アンドレ・マルローの肝いりで、理想の宮殿は国の重要文化財に指定されるまでになった。

フェルディナン・シュヴァルは一九二四年、八十八歳で幸福な一生を終え、自分の造った安眠の場所（彼は宮殿だけでなく、さらに八年間を要して自分と妻の墓所も造ったのだった）へ入った。死ぬまで働きつづけた生涯だったが、遊びつづけた生涯だったともいえる。

ダリの宝石

サルヴァドール・ダリの華麗な宝石細工を見ていると、あの自伝を残したことで知られるルネサンス期の彫刻家、ベンヴェヌート・チェルリーニを卒然として思い出す。どうやらダリ自身もそれを意識しているらしく、自分は「ルネサンスへの郷愁」に動かされて宝石の仕事をしたとみずから語っている。

レオナルドもそうだが、ルネサンス期の芸術家にはジャンルを越えて仕事をしたひとが多く、チェルリーニはイタリア各地を遍歴しながら、大理石やブロンズに鑿《のみ》をふるう本業のほかに、しばしば貴族の注文を受けて、宝石に細工をする仕事をした。ヘンリー八世の宮廷画家だったホルバインのようなひとも、王家の命によってペンダントやネックレスの下絵を描いていたというから、当時の芸術家はすべて同時に職人でもあったわけだ。

チェルリーニの自伝には、たとえば彼がローマのキジ家の貴婦人のために、美しいダイアモンドを百合の花のデザインに仕上げた、といったようなエピソードが出てくる。「宝石のまわりにはマスクや天使や動物などをあしらったが、エナメルはまったく申し分ない出来ばえで、ダイアモンドは以前に倍加した精彩を放った」とある。

チェルリーニはつねに自分の天才ぶりを得々として語る。大言壮語する。そんなところにも、二十世紀のダリと一脈相通じるような、型やぶりな芸術家の幼児的な性格が認められるような気がする。

ルネサンス期の自然哲学は動物や植物や宝石のそれぞれに象徴的な意味を見出すことを好んだものであるが、ダリにも若いころから、そういう神秘主義みたいな傾向があって、彼がカタツムリとか犀の角とか花キャベツとか、あるいは虎とか象とかいったエンブレーム（表象物）を好んでいることは周知であろう。松葉杖とか時計とか電話器とかになると、エンブレームというよりはむしろフェティッシュ（呪物）に近いかもしれない。本気で信じているのかどうか、それはだれにも分らないが、たとえば宝石細工の「ラピス・ラズリの十字架」にも、ダリは大まじめで次のようなコメントを添えているほどだ。

「ダイアモンドの光線はキリストの光をあらわしている。ルビーはキリストの血である。

黄金造りの樹はラピス・ラズリの立方体の上に固定されていて、その色と形と材質の全体が意味するのはキリストの力と権威である。」

こういう文章を読まされると、ルネサンス期の自然哲学というよりも、私にはむしろ中世の寓意文学が思い出されてくる。エミール・マールが『フランス十三世紀の宗教美術』のなかに引用しているサン・ヴィクトールのアダムの次のような言葉は、いま引用したばかりのダリのコメントにそっくりではないか。

「胡桃とは、キリストのイメージでなくて何だろうか。外側の緑色をした果肉は、キリストの肉体であり人性である。硬い木質の殻は、この肉体が苦しんだ場所である十字架にほかならぬ。しかし殻の中身は、人間にとって糧となるもの、つまり隠されたキリストの神性にちがいない。」

中世人もルネサンス人も、このような象徴による思考が大好きだった。ダリにも、どこか中世人やルネサンス人に近いところがあって、自然のオブジェのなかに好んで象徴を読みとろうとする傾向がある。彼が宝石細工に手を染めるようになったのも、こうしてみると当然といえるかもしれない。なぜなら宝石こそ、自然のオブジェのなかでいちばん象徴的価値の高い、いわば象徴的価値の凝って一丸となった純粋物質のごときものにほかならないからだ。

そもそもダリには、やわらかい無定形なものと、形のはっきりした堅固なものとに対する、若年からの極端な両極性反応があったわけであるが、この宝石愛好に関するかぎり、明らかに後者が優勢を占めているケースと考えてよいだろう。宝石において、古来、まず第一に珍重されてきたのは硬度である。甲殻類や貝殻への嗜好と同じく、硬い宝石がダリを魅惑したのであろうことは想像するに難くない。

むろん、宝石の魅力は硬さだけではない。さらにその透明性、その光輝、その色彩が、宝石を価値あらしめる重要な条件となっているはずであろう。ダリはこれらの条件を、宝石によってダリ的世界をつくりあげるために、まことに巧みに利用している。ベンヴェヌート・チェルリーニが二十世紀に生きかえったら、やはり同じようなモダンな技巧を凝らすのではないかと思われるばかりな、堂に入った金銀や宝石の扱いかたである。

おもしろいのは、すでにダリの絵画によって私たちにもお馴染みになっている、あのぐんにゃりと樹にひっかかった時計だの、電話器だの、ザクロだの、カタツムリだの、あるいはオベリスクを背中にのせた脚の長い象だのが、金銀や宝石といった新しいマティエールによって、新しいバロック的な表現を獲得しているということであろう。夜になると光るといわれるアクアマリンのオベリスクなどは、とりわけ美しい。安易な既成の文法に寄りかかったものと見ることもできようが、これはまあ、ダリの私たちに対する、いかにもダリらしいサービスだと考えたほうがよいかもしれない。

Ⅲ

建長寺あれこれ

昭和十一年からラジオで、いわゆる「国民歌謡」なるものが放送されるようになると、私たち当時の小学生も、よく歌詞をおぼえて歌ったものであるが、その何番目かの「国民歌謡」に「新鉄道唱歌」というのがあった。おぼえておられる方もあろう、「汽笛一声新橋を」ではなくて「帝都をあとに颯爽と、東海道は特急の」ではじまる新しい鉄道唱歌である。その第二節に次のような歌詞があった。

横浜すぎて野はみどり
松風吹くや鎌倉の

歴史の名残り浪遠く
銀幕《ぎんまく》花のいろ競う

作詩は土岐善麿で、ごらんの通り、新機軸を出すべくなかなか凝った歌詞だったが、小学生の私には、いったい「ギンマクハナ」とはなんのことか、いくら考えてもさっぱり分らなかった。鎌倉付近には野原いちめん、なにか銀色のめずらしい花でも咲いているのだろうか、と思ったものである。

しかし鎌倉は私にとって親しい町で、子供のころから春休みや夏休みには必ず滞在していたので、ついに「ギンマクハナ」にはお目にかからなかったものの、ここはいつも自分のホームグラウンドのような気がしていた。昭和二十年、東京大空襲で焼け出されてから、私たち一家が移り住んだのも鎌倉だった。思えば、こうしてもう三十年以上も住んでいることになる。

現在、私の家の住所は正しくいうと、鎌倉市山ノ内字管領屋敷三一一番である。管領屋敷という名が示すごとく、このあたりはもと関東管領山ノ内上杉家の邸だったところで、初代の上杉民部大輔憲顕以来、山ノ内上杉家は代々ここに居宅していたという。明月院のすぐ近くで、アジサイの咲くころは観光客が押しかけてきて大いに閉口するが、さすがに鎌倉・室町の高級武士の住んでいたところらしく、普段はまことに閑静ないいところである。春から初夏にかけて、あのヌエという別名によって知られるトラツグミの怪奇な声が聞かれるほど、緑の樹々の多いところでもある。

山ノ内は、かつては山内庄と呼ばれていた。現在の大船から、さらには横浜市戸塚区の一部をもふくんでいたというから、かなり広大な土地である。『新編相模国風土記稿』によると、鶴岡八幡宮や長谷観音のあるところまで山内庄になっており、これでは現在の鎌倉市のほとんど大部分がふくまれてしまう。まあ私たちとしては、現在の北鎌倉を中心として、大船・横浜方面にひろがる土地を山内庄と考えておけばよいだろう。

鎌倉には浄土宗や日蓮宗の寺もずいぶん多いが、この北鎌倉の山ノ内にあつまっているのは、もっぱら禅宗の寺である。それはまず第一に、この山ノ内という土地が、北条氏と縁故のふかい土地だったからにほかならぬ。北条氏という幕府の権力者が、当時の新しい宗派であった禅宗に、彼ら自身のための仏教を見出していたからにほかならぬ。実際、山ノ内は北条義時以来、北条氏の嫡流が代々ここを所領としていたので、建長寺、浄智寺、最明寺、禅興寺、東慶寺、それに大船の常楽寺などといった、北条氏の建立した大小の寺々が、もっとも多く集中しているのである。

北からの元の軍事力に圧迫されて、わが国にぞくぞく来朝するようになった宋僧によって、鎌倉後期に流入せしめられたところの宋の純粋禅は、どうやら博多を足がかりに、京都を素通りして鎌倉に定着したかのごとくであった。当時、わが国の政治や経済の一方の中心地であった鎌倉は、いわば新しい舶来文化の根づくべき恰好な土壌でもあったわけであろう。京都ほど旧仏教の勢力が強くなかったために、また北条氏のような新仏教を必要とする上層武士階級が土着していたために、とくに鎌倉で禅宗が抵抗を受けずに迎えられたという事情は、私たちにもよく納得しうるところではないだろうか。京都文化の模倣では飽きたらなく思っていた北条氏には、なにより新しい武士の文化が必要だったのであり、禅を中心とした宋風文化は、この彼らの要求に応えるものだったのである。

鎌倉はどこでもそうだが、この山ノ内という土地も、鎌倉特有の山々のあいだの谷《やと》から成り立っている。私の家も、通称明月谷《めいげつだに》と呼ばれる谷の奥にある。細い道をはいってゆくと、最後には必ず谷の奥のどんづまりにきて、山にぶつかってしまうのが鎌倉の谷の特徴だ。いたるところに岩肌を露出した岩壁があって、夏ならば、その岩壁に付着して咲く、途方もなく大きなイワタバコの紅紫色の花を見つけることもできる。山に接しているだけに湿気が多く、六月の雨季になると、アジサイがさかんに咲くのもそのためであろう。前にトラツグミのことを書いたが、鳥の声は四季を分かず、コジュケイも鳴けばウグイスも鳴き、ホトトギスも鳴けばフクロウも鳴く。まことに幽邃な土地というべきで、鎌倉の中心部から山をへだてているために、戦禍を蒙ることも比較的少なかったらしく、げんに禅宗の寺が一つならず今日にいたるまで残っているというわけだ。

建長寺は、私の住んでいる明月谷とは一つ山をへだてた、つい隣りの谷にある。むかしは処刑場で、地獄ヶ谷という名で呼ばれていたともいうが、そんな雰囲気はいまはまったくない。北鎌倉の駅から横須賀線の踏切りを越して鎌倉方面に向う道の、ちょうど真ん中あたりに建長寺はある。

建長寺の山号を巨《こ》福《ふく》山というのは、一説では寺の前を通る巨《こ》福呂《ぶくろ》坂（小袋坂とも書く）の名に由来しているという。コブクロザカ。おもしろい名前である。

この北鎌倉から鎌倉にいたる幹線道路というべき巨福呂坂も、戦前から戦後数年にかけては、まだ舗装もされていず、車などもほとんど通らず、たまに通るのはアメリカ軍のジープだけといった、まるで追い剝ぎでも出そうなほどひっそりとした街道だったのであるが、現在では、飲食店や駐車場が両側にずらりと立ちならび、ひっきりなしに人や車の往来する、排気ガスの充満した殺風景な舗装道路に一変してしまった。前には私もよく巨福呂坂をのんびり散歩したものであるが、いまではコースを変えて、長寿寺のわきから亀ヶ谷坂をくだり、香風園の前を通って扇ヶ谷方面へ出る静かな道を選ぶようになっている。この道には、まだ車の公害がおよんでいないからである。

私のもっとも古い建長寺の記憶は、たぶん五つか六つのころのそれである。それは桜の季節で、私は母や祖母とともに、建長寺から裏山の半僧坊まで、おむすびの弁当をもって花見に行ったのだった。祖母が鎌倉に住んでいたので、私は東京から泊りがけで遊びにきていたのだったと思う。なにぶん幼児の記憶なので細かいことはすべて忘れているが、私はこの時初めて、全山花の雲につつまれた建長寺の裏山の光景に、溜息が出るほど感動したのである。それ以後、桜といえばただちに建長寺を思い出すほど、その時の印象は私にとって強烈だったようである。幼児体験というのは、かように不思議なものとしか言いようがなく、私の建長寺のイメージは、こうして満開の桜と切り離しがたく結びついてしまったのだった。

毎年、十一月一日から三日間にわたって、建長寺と円覚寺で風入《かぜい》れということを行う。方丈および書院の部屋と廊下を使って、寺宝類の虫干しをするついでに、これを一般人にも拝観させるわけである。私も家が近いので、何度か下駄を突っかけて拝観に行ったことがある。秋が深まって、山ノ内周辺の山々がそろそろ色づき出すころ（ちなみに、鎌倉では紅葉が極端に遅く、十一月の終りか十二月の初めにならなければ完全な紅葉は見られないのだ）、午後の日ざしを浴びながら、ぶらりと建長寺まで散歩に行くのはわるくない。

いまではすっかり忘れられているが、江戸時代までは頻繁に使われていたらしい俗な表現に、「建長寺の庭を竹箒で掃いたよう」というのがあったそうだ。小学館の日本国語大辞典によれば、「掃除が行き届いていて、塵一つ落ちていないさま」とある。きれいに片づけてしまうことを、ただ単に「建長寺」とも言ったらしい。「料理人建長寺だと鍋を見せ」なんていう川柳もあったようだから、ひろく一般に用いられていたのであろう。それほど建長寺の境内は、むかしから掃除が行きとどいていることで有名だったわけで、これにはおそらく、大覚禅師以来の伝統のきびしく守られていたことも大いに関係があったにちがいない。

そういう次第で、「竹箒で掃いたよう」な建長寺の境内は、いまでも私たちに爽やかな印象をあたえずにはおかないのである。建長寺の境内に立つとき、大覚禅師にはじまる宋風禅のきびしさを、私たちはひとしく肌身に感じずにはいられないのである。

三門をくぐって、まず私たちの目につくのは、三門と仏殿のあいだの敷石道の両側に植えられた、古びた柏槙《びゃくしん》の列樹であろうが、これも私には、いつ見てもすこぶる好ましいものだ。開山の蘭渓道隆が中国から苗木を持ってきて手ずから植えたという伝説は、まあ当てにはなるまいが、少なくとも開山当時から七百年近くの星霜を経て、この寺域にいまなお立っている唯一のものが、これらの節くれ立った枝をのばした柏槙であることは、まぎれもない事実なのである。木造建築は焼けたり潰えたりしてほろびるが、生きた植物はそれよりはるかに寿命が長く、よく歳月に堪えてほろびない。わが国で最初の宋風禅の道場の、これは生証人《いきしょうにん》ともいうべき貴重な存在ではなかろうか。そんな気がしてくるほど、これらの柏槇はいまや、建長寺の寺域に欠かせない点景となっているのである。

前に風入れのことを述べたが、この風入れの時に展示される絵画や彫刻などといった寺宝類を見ても、あるいはまた伽藍のたたずまいそのものを見ても、この鎌倉の禅刹が、前代の密教的な要素の濃い京都の禅刹とは明らかに違って、強く宋風の禅の影響を受けているということは、素人目にもありありと感じられるところである。あえていえば、京都の禅刹のはなやかさが微塵もなく、ひたすら剛直で質実なのが鎌倉の禅刹ではなかろうか、と感じられるほどなのだ。そうかと思うと、仏教というよりはむしろ道教の寺院ではないかと疑わしめるほど、舶載された中国の絵画や、中国のモデルをまねて造られた彫刻には、異国的な雰囲気の濃厚なものがあって驚かされる。総じて宋・元文化の影響の圧倒的に強いのが、鎌倉の禅刹の第一の特徴なのである。

この点から見て、つねづね京都の寺を見慣れた人には、鎌倉の寺はいささか物たりないと感じられる面があるかもしれない。見るべき仏像や絵画や寺宝類も少ないし、寺院建築そのものにも豪華さや派手派手しさが少ないからである。

いかに幕府の所在地とはいっても、畿内を遠くはなれた東国の一地方都市では、絢爛たる文化を生み出すほどの洗練は望むべくもなかったのであろうし、また逆に眺めれば、京都文化とは完全にふっきれた、新しい宗教の様式をつくり出すことこそ、この都市に住む武士たちのひそかな要望でもあったのだろう。鎌倉の美術は武士階級の気風を反映してか、地味で渋いものが多いのである。

建長寺の寺宝のなかに、絹本着色の蘭渓道隆の頂相が三幅蔵せられているが、これがいわば寺宝のなかで唯一の色彩感にみちたものといえるかもしれない。

三幅はそれぞれ自賛像、霊石如芝賛像、経行《きんひん》像だが、このうち自賛像と経行像とは第一級の肖像画であり、とりわけ私が好きで、何度見ても見飽きないのは経行像である。

経行は禅宗の用語で、一定の区間を経を読みながら歩きまわること。とくに坐禅中に眠くなったとき、眠気をはらうために歩くことを意味していたようである。この大覚禅師経行像では、水墨画風の瀑布と松とを背景に、禅師が沓をはいてゆったりと経行しているところが描かれている。茶を主調とした渋い彩色だ。禅師の頭のかたちが卵塔みたいに見えるのも、ことのほか私にはおもしろく感ぜられてならない。全体に丸味をおびた様式化がはたらいている、ともいえようか。なによりも画面に動きがあって、一般には椅子にすわった全身あるいは上半身像を描くのが習いであった頂相のなかでは、異色と呼ぶにふさわしい作であろう。

一方、禅師の顔面の表情をよく捉え、そこに高度な精神性をあらわそうとしたという点では、経行像は自賛像に到底およぶまい。自賛像は日本の肖像画のなかでも際立った名作であり、いまさら私が喋々するのも憚られるほどのものだ。

これらの禅師の顔をならべて仔細に眺めていると、どうやら私には、蘭渓道隆という西蜀出身の宋僧の人物と気質が、おぼろげに分ってくるような気がする。痩せ型で背が高かったであろう禅師は、おそらく全身に気魄をみなぎらせていたであろう。坐禅を実践するにあたっては厳格この上もなかったであろう。と同時に、見方によっては、ちょっと西洋人みたいに面長でハイカラな顔をしているので、気品のある美男でもあったであろう。道隆が大宰府に着いたのは寛元四年、鎌倉におもむいたのは宝治二年と推定されるから、当時まだ三十代前半の若さである。だから、江ノ島の弁才天が禅師に惚れたという伝説があるのも、なるほどという気が私にはするのである。

この弁才天と大覚禅師とのエピソードは、なぜか私もたいへん気に入っているので、要領よくまとめられた三浦勝男氏の『鎌倉のみほとけ』のなかの記述を借りながら、次にこれを簡単に御紹介しよう。

建長寺が創建される数年前、大船の常楽寺で教化していた蘭渓道隆のもとに、次第に多くの僧が参禅するようになると、これを耳にした江ノ島の弁才天も、一日、身をやつして道隆の教説を聴きに行った。そして、たちまち師を尊崇するにいたったという。ところで、道隆の身辺には、師の給仕役として中国から一緒についてきた可愛らしい稚児が、まめまめしく立ちはたらいていた。これが乙護童子である。さて、この弁天さま、なにを想ったのか、師に仕える乙護童子を法力によって妙麗の婦人に変身させてしまう。弁天さまのいたずら、というわけである。

いつのまにか自分が美女の姿になっていることを知る由もない童子は、相変らずせっせと道隆に仕えていた。しかし、はたから眺めれば、おこない澄ました大徳が、美女をはべらせ寵愛しているとしか見えない。当然のことながら、土地のひとびとの口がうるさくなり、ついには美女と道隆の噂でもちきりになったという。これに悩んだ乙護童子は、師のためと、またおのれ自身の潔白を明かすべく、にわかに白蛇に変身し、常楽寺の本堂前にある大銀杏の樹に巻きついたという。

この話でおもしろいのは、いかにも嫉妬ぶかい弁天さまらしく、彼女が師に仕える乙護童子を女に変身せしめたという点であろう。どう考えても、弁天さまは道隆に恋心をいだき、道隆の身辺から恋敵たる乙護童子を追っぱらおうとしたとしか思えない。そこがおもしろいのだ。

弁才天の信仰が隆盛になり出したのは鎌倉期からであるが、とくに北条氏は、おのれの勢力圏内に江ノ島という霊地を有するだけあって、この龍女の化身たる女神にすこぶる執着を示したらしい。北条氏の祖先が龍女と契って子を産んだという家伝があるくらいで、北条時政は江ノ島参籠のみぎり得たという、龍鱗三枚をもって自家の紋としたほどであった。実際、当時の記録を見ると、鎌倉武士は争って江ノ島に参籠しているのである。そういう背景のもとに眺めると、この道隆と弁才天のエピソードには、また一段と興味ぶかいものがあるようにも思われる。

乙護童子の像は、常楽寺や寿福寺にもあるが、建長寺の西来庵祠堂にもあるという。私はまだ見たことがないが、写真で見ると、いずれもずんぐりむっくりした、利かん気の餓鬼大将みたいな顔をした六十センチばかりの立像で、両手を散杖《さんじょう》の杖頭の八重蓮華の上にのせ、その上に顎を重ねている。どうやらこれが乙護童子一般のきまりきった造形上のタイプであるらしく、私が目にした範囲では、鎌倉のもの以外でも、みんな同じ恰好をしている。

私は、この乙護童子像を自分の目で眺めるためにも、鐘楼のわきの嵩山門から石段をのぼって、一般観光客には立ち入りを禁止されている、西来庵や昭堂のあたりに近づきたかった。しかし寺側の許可をえられず、この私の望みは実現しなかった。私は弁才天ではないから、決して乙護童子を女に変身せしめようなどという、不逞な気持はいだいていなかったのだけれども。

まだ書き残していることはないかと考えてみたら、半僧坊大権現のことを思い出したので、これを最後に書いておこう。

前にも述べたように、私は子供のころ、ここの桜の見事さにつくづく驚嘆したのであるが、そもそもこの半僧坊というのは、建長寺の裏の勝上ヶ嶽という山の中腹に、明治になってから勧請された鎮守なのである。寺の左側を流れる金龍水に沿って深く谷奥にはいり、いくつかの塔頭の前を通りすぎ、勝上ヶ嶽の二百五十余段のつづら折りの石段をのぼって達する、文字通り建長寺の寺域のどんづまりに位置する鎮守である。

つづら折りの石段をのぼるのはなかなか骨であるが、この半僧坊の社殿のある霊山の高みにまで歩を運ぶと、海から吹いてくる涼しい風とともに、すばらしい眺望がひらけて、私たちはあたかも別天地にきたかのような気分になる。南をのぞめば、緑なす山や谷の起伏の向うに鎌倉の街が見え、さらに街の向うに海が見える。由比ヶ浜から稲村ヶ崎につづく鎌倉の海岸である。遠く銀色に光った海である。

私はときどき、この半僧坊の高みから海が見たくなって、ここまで散歩の足をのばすことがある。去年の秋にも行ったし、今年の春にも行ったはずだ。明月院の裏山から天園に抜けるハイキングの途中、意外な方向から勝上ヶ嶽の山容を眺めて、「おや」と思ったこともある。

『新編鎌倉志』には、勝上ヶ嶽に関して次のようにある。

開山の坐禅窟あり。昔開山、此窟中にて坐禅したまひしとなり。今窟中に石地蔵あり。また伝へ云ふ、禅師此窟中にて坐禅す。一遍上人来視て詠歌云、「躍りはねてふしてだにもかなはぬを、いねむりしてはいかゞあるべき」禅師聞え、倭歌作て答云く、「躍りはね庭に穂ひろふ小雀は、鷲のすみかをいかゞ知るべき」此時上人、禅師に参して、阿難の話を受て大悟すと云ふ。

蕭白推賞

今から十二年前、東京新宿の小田急百貨店で、「近世異端の芸術展」と称して、蕭白、蘆雪、若冲の作品が公開展示されたとき、私は初めて見る蕭白の奇怪な作品群に驚かされはしたものの、その色彩の黄檗画ふうのけばけばしさや、その女の顔の幕末浮世絵ふうの卑俗さのため、なにか画格が低いような感じがして、どうもこれを心底から讃嘆する気にはなれなかった。しかるに、このたびボストン美術館のビゲロー博士によるコレクションが里帰りして、そのなかの蕭白三点が展示されたのを見るにおよび、私は卒然として認識をあらためさせられた。これはたいへんなものだぞ、と思わせられたのである。

東京国立博物館に展示されたのは「仙人図屛風」と「商山四皓図屛風」と「虎渓三笑・

芭蕉に鶏図屏風」の三点であったが、いずれも、有無をいわさず見るものの心を惹きつける傑作ぞろいであった。会場には別に若冲が二点あったが、これもよかった。蕭白と若冲、この対照はまことに奇妙である。一方はあくまでダイナミックで、他方はあくまでスタティックの対照だ。しかしまあ、それについてはここでは述べない。

「仙人図屏風」はモノクロの墨画だから、ずいぶん感じはちがうけれども、前に小田急百貨店で見た、あくどいまでに着色された「群仙図屏風」の右隻と、筆法や構図において一脈通じるところがなくもない作品である。頭髪と鬚と衣服を風になびかせつつ、中央に剣をもって立つ人物は仙人呂洞賓《りょどうひん》だろう。呂洞賓といえば、私たちはただちに幸田露伴の考証的エッセーを思い出す。

「古よりの画の洞賓を描くもの、必らず剣を負うの一丈夫ならずんばあらず。神剣長蛟を斬るの事、似合わしからずとも云うべからず」と露伴は書いている。

ワラビのおばけがぬっと天から降りてきたように、ふとい筆で一気に引かれた巨大な渦巻が、六曲一隻の画面の左側半分を占めている。これが長蛟、すなわちミッチの出現を予告しているのであろう。ミッチとは、水中に棲む龍の一種だと思えばよい。風がおこり、水面ははげしく波立ち、右端のふたりの男は吹きとばされて、地にひっくり返っている。今にも龍が出現しそうである。

そういえば着色「群仙図屏風」の右隻にも、龍の頭上にのった青衣の呂洞賓と、龍の運動を示す特徴的な渦巻がいくつも描かれていたものであった。渦巻は、おそらく蕭白の頭の中においては、ミッチあるいは龍の運動と切っても切れない関係にあったのであろう。私は渦巻が大好きなので、このワラビのおばけのような、生動する宇宙の気をあらわした大渦巻を博物館のガラス越しに眺めたとたん、今までそれほど好きでもなかった蕭白がすっかり気に入ってしまったのである。

辻惟雄氏は着色「群仙図屏風」の画中に描かれた波を「北斎の『神奈川沖波裏』を先どりしたような波」と評されたが、この「仙人図屏風」のなかの泡立ちさわぐ波にも、いくらかそれに似た趣きがある。

秦末漢初の乱を避けて商山に隠遁した、四人の鬚眉皓白の隠士たちを描いた「商山四皓図屏風」は、破格という点では、おしなべて破格の作の多い蕭白の全作品中でも最右翼に位置するかもしれない。巨大な松の樹の下で酒を飲みつつ放談する隠士たちの、不敵なつらだましいを見るがいい。その人物たちを描く蕭白の筆の、極度に簡略化された、のびやかな豪放さを見るがいい。ふとい線でまず人物たちの配置をきめ、次に細い線を描き加えて、この絵はおそろしいスピードで完成されたのであろうと私は想像する。

おもしろいのは、左隻の画面に長く伸びた佶屈たる松の枝の下で、影のような奇妙な淡彩の動物にのっている、市女笠みたいな大きな帽子をかぶった、ずんぐりむっくりした人物であろう。この動物は牛だろうか、それとも猪だろうか。私には想像もつかない。見ようによっては、二本の角みたいなものがあって、なんだかカブトムシのようにさえ見えるのである。

「虎渓三笑・芭蕉に鶏図屏風」のなかで、とくに見るべきものは左隻の芭蕉の葉であろう。かすれたような刷毛を用いた表現が、そのまま蕭白特有のヴィルチュオージテになっている。同じ展覧会場にならんでいた若冲の「十六羅漢図」にも若冲独特の芭蕉の表現があり、それとこれとをくらべてみると、動と静の対照が一きわおもしろかったのを私は思い出す。鶏にも、若冲の鶏のような装飾性がなく、力強い表現主義に傾いたところがあるのを読者は容易に見出すであろう。

或る美術雑誌の企画で「日本の百宝」というのを選んだとき、私は江戸後期の画家として抱一、大雅、玉堂、若冲、応挙、北斎を入れて、蕭白を入れなかった。ボストン美術館所蔵日本絵画名作展をまだ見ていなかったからである。今になって考えると、これがなんとも心残りで仕方がない。

絵巻に見る中世

今日、遺品として伝えられている黄金時代の絵巻ともいうべき『信貴山縁起絵巻』『伴大納言絵巻』『源氏物語絵巻』『鳥獣人物戯画』『地獄草紙』『餓鬼草紙』『病草紙』などは、すべて十二世紀から十三世紀にかけて成立したものと考えられている。十二世紀から十三世紀といえば、古代律令制社会が音を立てて崩れていった、院政末期から鎌倉時代へかけての動乱の時代であって、日本の歴史のなかで、まず、これほどおもしろい時代はないといえるほど、おもしろい時代であったということを私は強調しておきたい。

どんなふうにおもしろい時代だったのか。まず第一に、文化の面で鎌倉新仏教の成立を指摘しなければなるまいが、そういってしまっては、いささか年表的な歴史観におちいってしまうことになりかねないだろう。踊念仏の空也が生きていた十世紀から、すでに地殻変動は徐々にはじまっていたのであり、宗教と芸能が手をたずさえて、上層貴族階級と下層庶民のあいだを環流する運動をおこしはじめていたのである。宗教と芸能、ここにスポットライトをあてて中世を眺めるとき、中世の文化は思いがけない上下の環流運動をふくんだものとして見えてくる。それが私にはおもしろいのだ。

絵巻は、この新しい動きをふくんだ、新しい中世文化の証人であり、ドキュメントである。『今昔物語集』『梁塵秘抄』『新古今和歌集』などとコンタンポラン（同時代的）だということを考えただけでも、私たちは絵巻の背景に、目に見えない精神の運動が渦巻いているのを認めないわけにはいかなくなるだろう。

たとえば仏教的な意味における地獄観念の成立ということを採りあげても、この時代が、それまでの時代と本質的に違うことは明らかである。美術史のなかに特異な地位を占める地獄絵は、日本の精神が恐怖すべき他界というものにぶつかった、唯一にして稀有な時代の証言なのである。厭離穢土の思想がふかく民衆の心を支配した、古代社会と中世社会との転換期という歴史的背景なしには、そもそも地獄絵は成立すべくもなかったであろう。むろん、室町時代にいたるまで、六道絵の制作は跡を絶たなかったようであるけれども、平安末期から鎌倉時代にかけてのそれのような、芸術的な高い品格を感じさせるものは、それ以後、ついに見ることができなくなるのだ。『今昔物語集』のなかに、あらゆる階層の人間が生き生きと描き出されているように、中世の絵巻にも、宗教家や芸能者をはじめとして、私が前に述べた上下の環流運動を推進するひとびとのすがたが活写されている。いや、人間ばかりではなく、そこには地獄の鬼や餓鬼も出てくるし、畸形者や病人も出てくるし、動物も出てくる。『信貴山縁起絵巻』には、私の大好きな剣の護法童子のような、あやしい魔性の生きものも出てくる。室町時代以後になると、より通俗的な『百鬼夜行図』とか御伽草子の挿絵とかいったかたちで、それらの生きものはさらに多様化するであろう。

六道絵では、私はやや時代はくだるが、『北野天神縁起』の「日蔵六道めぐりの段」も好きで、これについては前に一文を草したこともある。とくに第八巻餓鬼道の部分に出てくる木賊虫《とくさむし》というのがイメージとして気に入っているので、そのイメージの発想源になっている源信の『往生要集』から、木賊虫を説明するくだりを次に引いておこう。

「或は餓鬼あり。生れて樹の中にあり。逼迮《ひきしやく》して身を押さること木賊虫のごとく、大いなる苦悩を受く。昔、陰涼《かげ》しき樹《き》を伐り、及び衆僧の園林を伐りし者、この報を受く」

『北野天神縁起』の絵巻を見ると、木賊虫は文字通り、樹の洞のような穴のなかに閉じこめられ、いかにも情けなそうな顔をして、小さくちぢこまっている。地獄にも、こんなユーモラスな刑罰があるのかと思うと、愉快になってくるような絵である。

さらに私の好きな絵巻について書いておくとすれば、これも時代ははるかにくだって室町時代における、多くは土佐派の画家の筆になる『化物草紙』『土蜘蛛草紙』『付喪神記』などだ。すでにここには近世のオブジェ感覚に近いものがあるといえるであろう。しかし前にも述べたが、これらはすでに古典的な絵巻というよりも、むしろ御伽草子の世界として扱ったほうがよいものなのかもしれない。ここらへんを勘案して、地獄絵から妖怪画へという系譜を考えてみるのも一興であろう。

私と琳派
――「舞楽図」を愛す

かつて宗達は日本のバロックだと書いたことがあるが、ずいぶん乱暴なことをいったものだと自分でも思う。しかし、この意見を修正する気は私にはない。『風神雷神図』でも『舞楽図』でもいいが、見れば見るほど、ここにあるのは配色と構成のみの世界で、金地の空間には、目に見えない運動のエネルギーが塗りこめられているのを感じないわけにはいかないからだ。

いかにも祇園祭を演出した京の町衆の出身らしい宗達のおおらかさは、それまでの鎌倉室町の禅僧の枯淡趣味をひっくり返して、金地を堂々と使うことを憚らなかった。それでもふしぎなのは、ともすれば桃山時代の金碧障屏画に見られるような成金趣味が、宗達にはまったく見られないという点だ。

これが琳派の秘密だ。そして、この秘密は光琳までくると、かなり明らかになる。装飾性、様式化、デザイン感覚というものが顕在化してくるからである。こうなると、琳派の秘密は幾何学だといってもよいことになろう。幾何学に成金趣味もへちまもないのだ。

宗達をあえて日本のバロックと呼ぶ私でも、光琳までバロック呼ばわりするつもりはない。光琳は、大胆で力強い抽象と様式化によって、もっとも日本的であると同時に、またインターナショナルな性格をも併せもつ一つのエコールを確立した天才であった。

古典文学、たとえば『伊勢物語』のテーマを絵画的世界に置き換えたのが、いわば宗達や光琳の画業であったが、彼らにとって古典文学とは、ただそれだけのものではなかったはずだ。王朝の貴族趣味も、彼らは一緒に受け継いだのである。それだけの基盤が彼らにはあったのだろう。

さて、私のもっとも愛するのは宗達の『舞楽図』である。あいまいな表現だが、音楽的とでも呼ぶ以外に、この無意味な色彩の対比と踊る人物の構成のみによって成立した、単純きわまりない世界を表現する言葉はあるまい。なんならコラージュのようだ、といってもいい。かつて日本の絵画が表現しえた、最高の詩だといってもいい。

琳派はついに画面から情緒だの気分だのといった、あらゆる人間的なものを剝ぎとって、すべてを形態と色彩のみの対比にまで還元してしまうという、これは最初の徴候のような作品だといってもいい。

最後に私は、文化文政期の抱一にも、捨てがたい魅力を感じるということを告白しておきたい。よくぞここまで、宗達にはじまったバロック的エネルギーを骨抜きにして、繊細きわまりないマニエリスムを完成させたものだ、と溜息が出てくるほどである。

私と修学院離宮
——刈込みの美学

私が修学院離宮へ行ったのは、もう今から二十年あまりも前のことである。たしか昭和三十五年、安保騒動の年だったと記憶している。京都大学の学生に呼ばれて京都へ行ったので、政治づいた学生の前で、なにか威勢のいいことをしゃべったのではなかったろうか。現在の私には、とても考えられないことである。

たまたま友人が宮内庁の許可をえて、京都滞在中の私を修学院参観に誘ってくれた。安保と修学院。シャレにもならない取り合わせである。そのころ、私の目はもっぱらヨーロッパへ向けられていて、日本の伝統文化には、ほとんど完全に背を向けているにひとしかった。後水尾院のことさえ、ろくに知らなかったのではなかったか。大した気のりもしないままに、なんの予備知識もなく、私はふらふらと友人のあとについて洛北へ足をはこんだ。

なにしろ二十年も前のことなので、今では記憶のなかのイメージもめっきり薄れているが、ぶらぶら順路をたどりながら、だんだん庭の高いところへのぼってゆくと、青々とした厚い常緑樹の壁が目の前に立ちふさがって、それがゆるやかなカーブを描きつつ、波のように流れ落ちたり、また高まったりするのに興をそそられたのをおぼえている。大刈込みというやつであった。

ヨーロッパのバロック庭園でも刈込みはごく普通に見られるが、それらはすべて厳密な幾何学に支配されている。修学院の大刈込みにおけるごとく、幾何学とは無縁な、自然の有機的なふくらみをもって空間を限定しているような垣根の例を私は知らない。

空間を限定している、と私は書いたが、少なくとも「上の茶屋」という庭園空間を特徴づけている第一のものは、この生きた植物の垣根であろう。それが庭園の内部を見せたり隠したり、あるいは庭園そのものを一挙に広大な外部の自然の中心に位置づけたりする働きを示しているのだ。そんな感じである。

しかし隣雲亭から浴龍池のかなたの山々を望みつつ、私はこんなことを考えていたわけではない。前にも述べたように、私はその当時、日本の美に対しては警戒心が強く、つとめて不感不動の態度をとろうとしていた節さえあったからだ。ヨーロッパのバロック庭園も、当時はまだ実見していなかった。

あれから二十有余年。かくなる上は、ぜひもう一度、修学院離宮に足をはこばねばなるまいと思っている昨今である。

六道絵と庭の寺

琵琶湖の西岸、いわゆる湖西にある聖衆来迎寺へ行ったのは、もういまから十年近くも前だろうか、ちょっと調べることがあって、この寺に所蔵されている六道絵十五幅を見せてもらうためだった。

このあたり、坂本の付近は私も好きで、よく京都から日吉大社や西教寺などに足をのばすことがある。鶴喜という古い蕎麦屋があって、ここで蕎麦を食うのも楽しみの一つだ。

つい先年も、私は初めて比叡山の横川《よかわ》を訪れて、その帰りに車で坂本へ抜けたものであった。

古い門前町のおもかげを残している坂本の町は、ただぶらぶら歩きまわるだけでも、ふぜいがあって心楽しい。名高い穴太《あのう》の石積みが見られるのも、このあたりである。

聖衆来迎寺は、この坂本から東へ湖水寄りにあって、美しい石垣と白壁の塀に囲まれた天台宗の名刹である。

十年前のことだから、もう私の記憶もかなり薄れているが、いかにも上品な、白い髯をはやした住職が出てきて、中庭に面した明るい廊下で、私の見たかった六道絵十五幅の掛幅（ただし模写だったが）を一つ一つ丹念に見せてくれた。

六道絵とは、要するに地獄絵のことである。この寺の地獄絵は、恵心僧都の『往生要集』の内容を克明に視覚化した、おそるべき鎌倉期リアリズムの傑作で、まず日本一の六道絵と称して差支えあるまい。模写でない本物のほうは、たまたま京都国立博物館に展示中だったので、私はその翌日、これを見ることができたと申し添えておく。

柔和な微笑を口もとにたたえながら、しずかな声で、老僧が六道絵の一つ一つの情景を説明してくれたのを私はおぼえている。

そういえば、この寺は横川の恵心僧都と関係がふかく、僧都がここで水想観を行ったとか、あるいは紫雲のなかに阿弥陀如来の来迎を見たとかいわれているようだ。よく来迎図を眺めると、背景に満々たる水があって、その上を聖衆が雲にのって飛んでいるところが描かれているが、もしかしたら、この水は琵琶湖の水かもしれないと私は思う。少なくとも恵心僧都は、そういう情景を幻視したのではなかったろうか。どうもそんな気がしてならないのである。

聖衆来迎寺のお庭は、なによりも石組と蘇鉄《そてつ》が特徴的だ。

丸く刈り込んだ植込みの上には蘇鉄が葉をのばしているし、石組の下にはびっしり苔が生え揃っているので、私のような素人の目から見ると、一般の枯山水とはずいぶん違った印象をあたえられる。植物の緑があふれるばかりなので、そんな印象をあたえられるのかとも思う。

とにかく私はそのとき、地獄絵のことで心がいっぱいだったので、お庭のことにまで関心を向ける余裕はなかったはずなのである。にもかかわらず、おそい午後の陽のあたる、ひっそりとしたお庭のたたずまいは、私には非常に好ましく印象的だった。それだけはよくおぼえているのだ。

さいわいなことに、私たち以外には訪れるひともなく、聖衆来迎寺は恵心僧都時代そのままの静謐な雰囲気を保っているようにも感じられたのだった。

庭といえば、私はかつて琵琶湖の西岸を安曇《あど》川沿いに北上して、木地師の住んでいる朽《くつ》木《き》という村へ行ったとき、この村の興聖寺という寺の境内に、素朴ながら、すこぶるおもしろい庭があるのを発見したこともある。意外なところに意外なものがあるものだな、と思ったことだった。

観音あれこれ

たしか作家の村松梢風氏だったと思うが、敗戦後間もないころ、東海道線や横須賀線の電車の窓からよく見える、大船の観音さまの顔がいかにもグロテスクで不愉快なので、ぜひ手を加えて、もっと美しい顔に直してもらいたいという意見を新聞に発表したひとがあった。この意見が容れられたのかどうか、それは私も知らないが、現在では、コンクリート造りの観音さまの顔は改修されて、以前よりもはるかに増しな顔になっている。

私は長いこと鎌倉に住んでいるので、電車で東京へ出かけるたびに、否も応もなく、この観音さまの顔を拝まなければならない。拝むたびに、いまは亡き村松梢風氏を思い出して、ひそかに感謝している次第なのである。グロテスクとはいわないまでも、できれば不美人ではない観音さまを拝むに越したことはないからである。

観音の前身は大地母神にちがいあるまい、というのが私の基本的な考えである。とくに蕾のかたちの蓮華（女性のシンボル）を手にした法華寺の十一面観音などを眺めると、いよいよその考えが確かなもののように思われてくる。近ごろでは、神話学や人類学の基礎を学んだ仏教研究者のあいだにも、インドや中近東からヨーロッパにまで拡がる大地母神の系譜のなかに、観音を位置づけようとする壮大な視点を示すものが多くなったようだ。これは当然のことで、もっともっとやらなければいけないことである。

素人の当てずっぽうでいえば、おそらくクシャーン朝の栄えたアフガニスタンあたりを中心として、考古学的探索の手を東西にどんどん伸ばしてゆけば、ついにはギリシアから日本までが一直線につながってしまうのではないかという気がする。たとえばイランのアナーヒター女神なんぞは、もう日本の観音の姉妹といってもよいような近しい女神なのではないかという気がする。

日本人ならだれだって、信仰のあるなしにかかわらず、子どものころから何度となく観音さまを見ているはずであろう。しかし私なんかの場合、意識して観音さまを眺めるようになったのは、それほど以前からのことではない。年のせいか、そろそろヨーロッパにも飽きがきて、京や奈良の寺々を見てまわることに安らぎをおぼえるようになってからのことである。京や奈良ばかりでなく、吉野にも行ったし熊野にも行った。近江にも行ったし若狭にも行った。そして旅行のたびに、数限りない観音さまにお目にかかっているはずである。

いま、私のまぶたの裏にふっと思い浮かぶのは、もう十数年も前のことだが、春たけなわのころ、妻とともに桜井の聖林寺をたずねたときの光景である。

前の晩は多武峰に泊った。夜来の雨が晴れて、朝、山上で目をさますと、冷え冷えとしているが、じつにすがすがしい気分だった。まだ早いのでだれもいない談山神社で、拝殿を掃除している若い神官と私はしばらく話をした。御破裂《おはれつ》山の伝説が私にはおもしろく、そのことを話題にしたのだったと思う。

それからバスに乗って、寺川沿いに下って聖林寺の近くにきた。畠のあいだの道をたどって行くと、道のほとりに紅紫色のレンゲ草がいっぱい咲いている。小さな石仏がある。まさに春爛漫といった感じで、自然に足どりも軽くなる。ゆるやかな坂をのぼって行くと、白壁の土塀をめぐらした寺があり、石段の上に山門が見えてくる。白壁の前にひっそりと桃の花が咲いているのも、いい眺めである。

庫裏で案内を乞うと、昭和三十五年に造られたという鉄筋コンクリートの収蔵庫まで、お寺の奥さんが案内してくれた。ここに、あのフェノロサの激賞した有名な十一面観音があるのだ。

室生寺や法華寺や渡岸寺のそれとはまったく異った、女性的でもなければ官能的でもない、したがって大地母神というイメージからはずいぶん遠い、まことに堂々とした十一面観音であった。金箔が落ちて剝げちょろになっているが、威風あたりを払っている。見あげるように大きい。こんな十一面観音もあるのかと、正直なところ、私はあっけにとられたものである。

観音さまを拝んでから、聖林寺の山門を出て、ぶらぶら坂道をおりてくると、レンゲ草のいっぱい咲いている道のかたわらに、一台のバキュームカーがとまっていて、くさい匂いをまき散らしているのには閉口したものであった。記憶というのはおかしなもので、こんなつまらないことを、なぜか私はいつまでもおぼえているのである。

「ばさら」と「ばさら」大名

六〇年代のヒッピー文化もすでに遠い昔の語り草になってしまったが、そういえば、あれも一つの服飾革命といえる運動だったかもしれない。いつの時代にも、既成の制度や価値観を否定する新しい風俗が流行するときには、そうした風俗を推しすすめる連中に対して、半ば嘲笑的なニュアンスのこめられた、一つの新しい名称が冠せられるもののようである。フランス大革命後の反動期たる総裁政府時代に、首に大きな布を巻きつけ、ざんばら髪の頭で都大路を闊歩した「アンクワヤーブル」(フランス語で「とんでもない」という意味)という連中も、そんな反抗の世代だった。わが南北朝時代の「ばさら」も、同じ精神の系譜に位置づけることができるだろう。

よく引用される『建武式目条々』に、「近日婆佐羅《ばさら》と号し、もっぱら過差を好み、綾羅錦繍、精好銀剣、風流服飾、目を驚かさざるなし。すこぶる物狂いというべきか」とあるように、「ばさら」ということばは、まず最初、服装やアクセサリーに贅沢をこらすことの意味に用いられていたらしい。しかし、やがてそれだけではなく、一種の風流、あるいは風狂の精神にも通じる、伝統破壊にもとづいた精神の自由とダンディズムをも意味するようになった。

「ばさら」の語源には、いくつかの説があって、衣をひるがえして舞うさまを表現した「ばさ」の語に、接尾語の「ら」がついたというのも、その一つである。そうかと思うと、「ばさら」は梵語の音をそのまま使ったことばで、漢訳すれば金剛、すなわちダイヤモンドのことだともいう。ダイヤモンドは硬くてどんなものでも打ち砕くから、つまり精神の自在さとか、既成の権威をものともしない奔放さとか、遠慮のない振舞とかを象徴的にあらわしているというわけだ。

私には、この語源説のいずれが正しいか、ここで判定をくだすことはできないが、「ばさら」とは要するにダイヤモンドのことかと思うと、この中世日本の流行語が、いよいよ好きになってくるのを感じないわけにはいかないのである。

南北朝時代の動乱の世相を活写した『太平記』のなかに、この「ばさら」風俗の代表者ともいうべき三人の守護大名がでてくる。すなわち佐々木道誉、土岐頼遠、高師直の三人である。なかでも佐々木道誉は「ばさら」のチャンピオンともいうべき人物で、武家の倫理にとらわれず、時には裏切りもすれば降伏もするといった、乱世を泳ぐに必要な、権謀術数の権化のような生きかたをしたことによって名が高い。

道誉の「ばさら」ぶりを伝える数々のエピソードが『太平記』に語られているが、その一つは次の通りである。

あるとき道誉の一族若党らが鷹狩の帰り、妙法院御所の前を通りかかって、下部《しもべ》に庭の紅葉の枝を折りとらせた。たまたま、それを見ていた門跡が驚いて、侍僧をはしらせて、「御所の紅葉を折るとは何ごとか」と制せしめた。すると下部は「御所とは何のことだ。笑わせるな」とせせら笑って、さらに大きな枝を折ろうとした。そこへ妙法院に宿直していた叡山の荒法師があらわれて、さんざんに下部を打擲して門外へ追い出した。

この事件を耳にすると、道誉は大いに怒り、「道誉の家臣に対して何たる無礼か」と息まき、みずから兵を動かして妙法院を焼きはらってしまった。妙法院といえば、もと比叡山延暦寺の別院で、皇室にもつながる格式の高い門跡寺である。さすがに困った幕府は、道誉を出羽の国へ流罪に処することにきめた。

ところが、いよいよ配所に出発というとき、道誉は三百余騎の若党にそれぞれウグイスの籠を持たせ、道中には酒肴の用意をさせ、宿場宿場では遊女とたわむれながら、まるで物見遊山にでも行くように悠々として出発したのである。しかも、若党のひとりひとりに猿の皮のうつぼ（矢を入れる容器）を帯びさせ、猿の皮の腰当てをつけさせた。猿は元来、比叡山の守護神たる日吉神社の神の使者として大事にされている。つまり道誉は比叡山を意識して、わざと家臣にこんな恰好をさせて、山門を思うさま嘲弄したのである。

道誉の「ばさら」ぶりは、しかし、こんな傍若無人な振舞ばかりではなかった。もう一つ、今度は世にも風流なところを見せたエピソードを紹介しよう。

南朝の軍隊が進撃してきて、道誉は一時、京都の屋敷を立ち退かねばならなくなったことがあった。そのとき、道誉は明けわたす屋敷をことさら美々しく飾り立て、乗りこんできた南朝の武将、楠木正儀をあっといわせたのである。

客間には、大きな紋のついた畳を敷きつめ、壁に秘蔵の画幅をかけ、高価な唐物《からもの》の花瓶や香炉をならべ立てた。書院には王羲之の書をかけた。寝室には、沈香の枕に緞子の夜具を揃えておいた。また三石入りの大桶に酒をなみなみと満たし、坊主をふたり配置して、この屋敷へ乗りこんできた者に、まず一献をすすめよと命じておいた。やってきたのは楠木正儀だったが、坊主どもの出迎えを受けて深く感じ、屋敷を荒らすどころか、やがて戦況が一転して退去するときには、自分も寝室に秘蔵の鎧と銀作りの太刀を置いて行ったという。

この話を伝え聞いた者は「さすが道誉、風流なものじゃ」とみな感心したが、なかには「道誉の古だぬきにいっぱい食わされて、気の毒にも楠木は鎧と太刀を取られてしまったよ」と笑う者もあったという。

道誉の「ばさら」精神の絶頂を示すのは、おそらく洛西大原野《おおはらの》で催された盛大な花見の会であったろう。これについても簡単に述べておこう。

当時、足利義詮の黒幕的な存在だった道誉にとって、目の上のこぶともいうべき邪魔な相手は管領の斯波高経であった。かねがね高経に一泡吹かせてやろうと道誉は機をうかがっていた。たまたま高経が将軍の屋敷で花見の宴を計画すると、道誉はこれに出席の返事をしておきながら、ひそかに同日同時刻、京中の芸人をのこらず集めて、洛西大原野の花の下で桁はずれに豪奢な大宴会をひらいたのである。

『太平記』によると、寺の高欄を金襴でつつみ、擬宝珠に金箔を押し、回廊に舶来の美しい毛氈を敷きつめた。これが見物席である。そして庭の四本ある桜の大木の下に、一丈あまりの真鍮の花瓶を置いて、これを一双の立花《りっか》に見立てた。さらに机をならべて大きな香炉を置き、一斤の名香をそのなかで一度に焚いたので、香りが四方に散って、ひとびとはこの世ならぬ世界にあそぶ心地がした。周囲には幔幕をひきめぐらし、椅子をならべ、百味の珍膳をととのえたというから、これは野外パーティーのビュッフェだと思えばよいだろう。そうして庭の中央で歌ったり踊ったりする芸人には、衣服をぬいで投げあたえたというから豪勢なものだ。

この花見の宴では、賞品を山のように積みあげて、にぎにぎしく闘茶の会も行われた。闘茶というのは、さまざまな種類の茶を出し、その産地をあてる一種の賭博である。もちろん金や賞品も賭けるし、茶会のあとでは酒になり、遊女がホステスとして席にはべることもある。後世の衰弱した枯淡趣味の茶会とは違って、まったく享楽的な雰囲気のものだったらしい。

道誉は闘茶の世界でも大立物だったし、花道や香道でも一家をなしていた。能や狂言のパトロンとしても知られている。南北朝期から室町期にかけて、連歌や能や茶や花といった新しい芸能がぞくぞく起るが、それらのすべてに道誉は密接に関係しており、その趣味によって、それらの進むべき方向を決定しているのである。

いうまでもあるまいが、贅をつくした道誉の「ばさら」趣味にしても、それが単に経済力だけでできることでないのは当然であろう。安土城の天守閣を美しい提灯で飾ったり、爆竹と囃子のなかで派手派手しく馬揃えを行った後世の織田信長のように、道誉にも、思いきった演出家の才能があったのではないかと私は考える。

信長といえば、若いころ、異様な服装をしたり奇矯な言動におよんだりして、人目を驚かすことを好んだ信長の血の中にも、明らかに前代からの「ばさら」趣味が流れていたと考えてよいだろう。比叡山や興福寺を焼きはらった残忍無類な信長には、その反面、キリシタン・バテレンを保護して南蛮趣味を喜んだりする、新しいもの好きなハイカラなところがあった。彼が初めて編成した鉄砲衆にしても、いわば異風を好む「かぶき」者の集団だったのである。

歴史的に眺めれば、南北朝期の「ばさら」が永禄慶長年間の「かぶき」に発展したと考えることができるだろう。「かぶき」は「ばさら」にくらべると、もっぱら服装における華美のニュアンスが強く、それも特に性的な面に傾いているように見える。極言すれば性転換の風俗といってもよいだろう。「かぶき」の伝統は江戸時代を通じて見えがくれするが、それも後期になればなるほど、鎖国日本の町人文化にふさわしく、ひねこびた概念に萎縮してしまうようだ。これは徳川幕府の三百年間にわたる巧妙な統治術のためであるが、それについては、ここでくわしくふれている余裕はない。

ともかく私たち日本人が明治から戦後の今日にいたるまで、服飾における派手な要素に対して極端に臆病になり、地味な服装や渋い色のみを高雅な趣味とするように習慣づけられてきたことの、そもそもの遠因は、この江戸幕府の統治術にあったのではなかろうかと思うのだ。

ドブネズミといわれるサラリーマンの背広にしても、あれが日本人の伝統的かつ平均的な色彩感覚だと思ったら大間違いで、かつては「ばさら」や「かぶき」におけるような、良風美俗や保守的な道徳と真向から対立する、大胆不敵な反逆と嘲笑の形式があったのだということを知っておく必要があろう。

かねてから「ばさら」のチャンピオン佐々木道誉に大いに関心があったので、私は去年の夏と秋、二回にわたって、近江の佐々木道誉ゆかりの地をたずねてきた。

新幹線を米原駅で下車して、タクシーを東へはしらせると伊吹山南麓の柏原《かしわばら》に徳源院があり、ここに京極家（佐々木家の支流で、道誉はその五代目にあたる）十八代の墓がある。徳源院は、土地ではむしろ清滝寺のほうが通りがよいようであった。あたかも晩夏で、真赤に色づいた美しいホオズキが、ずらりとならんだ威風堂々たる宝篋印塔の一つ一つに供えてあったのが、私にはひどく印象的だった。右から四つ目の道誉の墓に、私は手をふれてきた。

道誉の墓はもう一つある。米原駅から南へタクシーをはしらせると、有名な多賀大社に近い甲良の町に勝楽寺という寺があり、そこに兵火のため塔身の一部の欠損した、なにやら道誉にふさわしい奇怪な風貌を見せた宝篋印塔、宝篋印塔というよりはむしろ、ごろりとした丸い石を無雑作に積み重ねたような墓がある。苔だらけのこの墓も、私にはたいそう気に入った。

しずかな徳源院の庭には、寛文年間に再建されたという瀟洒な三重塔と向い合って、道誉桜と呼ばれる大きな枝だれ桜がひっそりと立っていた。花の咲く季節に行ったことはないが、さぞや見事なものであろうと想像される枝ぶりであった。

Ⅳ

土方巽について

近ごろ、六〇年代を懐古的に語る風潮があるようだが、私はそういう風潮にいっかな馴染むことができない。六〇年代は私にとって、たかだか二十年前のごく近い過去であるにすぎず、そのまま現在と連続しているようにしか見えないのである。つい昨日のようにしか見えないのである。それに、この時代が現在とどう違っていたというのか。歴史の意味は、現在からの逆遠近法によってのみ決まるのだ。思い入れたっぷりに、六〇年代の昂揚だとか熱気だとかいったことを口ばしっている連中を見ると、その度しがたい感傷主義とオプティミズムに私はつくづくうんざりする。骨の髄まで愚かな俗衆、そんな感じがする。少なくとも私の六〇年代は、そんなものとは無縁だったと思っている。私は私の個人的な遠近法によってしか、六〇年代という時代を眺めることができないからである。その六〇年代の薄明のパースペクティヴのなかに、或る人物のくろぐろとした影が立っているのを私は認める。そう、土方巽の影である。おそらく私の六〇年代は、土方巽を抜きにしては語れないであろう。

舞台の上に、裸の男がごろりとひっくり返って、背中をまるめ、手脚をちぢめている。それは生の方向と死の方向とを同時に暗示した、未生の胎児の眠るすがたのようでもあり、またカフカの短篇のなかの甲虫のようでもある。やがて裸の男はむくむくと起きあがり、一本一本数えられそうな肋骨を浮き出させて、からだを屈伸させはじめる。ふいごのように胸と腹が大きくはずむ。そうかと思うと、小児麻痺のように痙攣的な、衝動的な手脚の不均整な動きを示しつつ、ぎくしゃくした足どりで舞台の上を歩き出したり、脚を棒のようにして急に立ちどまったり、意味のない短い叫び声をあげたりする。

それは、私たちが親しく目にしている私たち自身の日常的な動作、あるいは私たちが知りつくしている古典バレエのリズミカルな、様式的な動作への期待を完全に裏切る、今まで私たちが一度として想像したこともないような、奇怪な肉体行使の可能性を暗示した驚くべきダンスであった。一九六〇年夏、日比谷の第一生命ホールの舞台で私が初めて見た、これが土方巽の暗黒舞踊であった。

六〇年代の開幕とほとんど同時に、土方巽は暗黒舞踊をひっさげて、私たちの目の前に現われたのである。それは衝撃的な登場だった。当時はこれを何と名づけてよいか分らないから、前衛舞踊と呼んだ。それからほぼ十年間、すなわち一九七三年の秋まで、土方巽は（私の記憶に誤りがなければ）十数回におよぶ舞踊の公演を打って、その後、久しい沈黙に入った。あたかもマルセル・デュシャンのそれを思わせる、謎のような沈黙である。こうして七〇年代が終り、八〇年代を迎えるとともに、いつしか土方巽のまわりに伝説が形成され、神話が形成された。ひとびとは、いつ土方巽が復活するのかという、期待にみちた噂を口から口へと伝えた。私自身も、たびたび本人に面と向って、どうして踊らないのかと野暮な質問を発したものである。しかし土方巽は今にいたるまで、それには笑って答えない。謎は謎のままにしておいて、私は次へすすもう。

こころみに、一九六〇年から七三年にいたる土方巽の公演を次に表示してみよう。一九五九年の「禁色」は観ていないが、それ以後の、ここに書かれた公演ならばことごとく観ている私である。

一九六〇年七月　ダンス・エクスペリエンスの会（演目は「花達」「種子」「キキ」「鳥達」「禁色」「ディヴィーヌ抄」「暗体」「ダンス・エクスペリエンス三章」「処理場」で、

大野一雄、大野慶人らが共演している）　日比谷第一生命ホール
一九六〇年十月　第二回六五〇エクスペリエンスの会（黛敏郎、東松照明、寺山修司、土方巽、金森馨、三保敬太郎ら六人の共同発表会で、土方巽の演目は「聖侯爵」）　日比谷第一生命ホール
一九六一年九月　ダンス・エクスペリエンスの会（演目は「半陰半陽者の昼さがりの秘儀・三章」「砂糖菓子・四章」で、大野一雄、若松美黄、大野慶人、石井満隆らが共演している）　日比谷第一生命ホール
一九六二年六月　レダの会（演目は「レダ三態」で、元藤燁子、大野一雄らが参加している）　目黒アスベスト館
一九六三年十一月「あんま、愛欲を支える劇場の話」赤坂草月会館ホール
一九六五年十一月「澁澤さんの家の方へ」（笠井叡が初めて参加する）　信濃町千日谷公会堂
一九六六年七月　「性愛恩懲学指南図絵、トマト」　新宿紀伊国屋ホール
一九六七年四月　「ゲスラー・テル群論」　赤坂草月会館ホール
一九六七年七月　高井富子リサイタル「形而情学」（土方巽ほか暗黒舞踊派一同が共演している）　新宿紀伊国屋ホール

一九六七年八月　石井満隆リサイタル「舞踏ジュネ」（これにも暗黒舞踊派総出演）　日比谷第一生命ホール

一九六八年十月「肉体の反乱」（暗黒舞踊派結成十一周年記念と銘打たれ、同派が総出演している）　千駄谷日本青年館

一九七二年十月、十一月　燔犧大踏鑑「四季のための二十七晩」（作品名は「疱瘡譚」「すさめ玉」「碍子考」「なだれ飴」「ギバサン」で、芦川羊子、玉野黄市らが共演している）　アートシアター新宿文化

一九七三年九月　燔犧大踏鑑「静かな家」　渋谷西武劇場

さて、こうして鳥瞰的に眺めてみると、土方巽のほぼ十年間におよぶ舞踊活動の軌跡が明らかになる。それを次にややくわしく私なりに解説してみよう。

まず初期の土方巽。それは圧倒的に三島由紀夫の影響下にあったといってよい。三島のほうでも、この三歳年少の異色のダンサーに心底から震撼させられたらしい形跡がある。そもそも私を第一生命ホールの楽屋へ引っぱって行って、タイツをはいた半裸体の土方巽に紹介してくれたのが三島だったわけで、そのころ三島は暗黒舞踊の最も熱心なファンであり、かつ紹介者であった。土方巽が三島に傾倒していたのは、その最も初期の作品が

「禁色」であったことからも明瞭であろう。彼はつねに文学作品から題材を得ているので、たとえば「ディヴィーヌ抄」はジャン・ジュネから、「処理場」はロートレアモンから、「聖侯爵」はサドからといった見合である。

この初期の土方ダンスの特徴を一言でいえば、祭儀的な犠牲のエロティシズムを志向しているような面が強かったと思う。近ごろ、パフォーマンスという言葉がやたらに流行しているようだが、すでに一九六〇年の第一生命ホールの舞台で、土方巽がパフォーマー（体験者）という表現を用いていることに注意してほしい。パフォーマーとは、この場合、祭壇に肉の犠牲をささげる執行人なのである。このころの暗黒舞踏の舞台では、だから白い鶏がよく殺されたものであった。また、とかく土方ダンスは東北地方の土俗に根ざすと考えられがちであるが、少なくとも初期のそれは、細江英公のシャープな写真が示しているごとく、どちらかといえば造形的、すなわち一つの形而上学的な観念を純粋に肉体言語によって表現するというやり方のものだった。なんなら肉体の記号化といってもよい。あるいはフォルムの重視といってもよい。

この純粋造形的な志向にやや変化があらわれるのは、六三年の「あんま」からである。かりに土方巽の中期と呼んでおこう。マース・カニングハム舞踊団がジョン・ケージ、ロバート・ローシェンバーグとともに来日したのは六四年であるが、すでに日本のアングラ演劇界にもハプニングは燎原の火のごとくに広まっていて、それが土方巽の作舞術にも、いくらか影響をおよぼしていたのだと見てよいかもしれない。ともすれば形而上学の密室に閉じこもりがちになる土方ダンスの閉鎖性に風穴をあけたという意味で、むろん、このハプニング導入も無意味ではなかったと私は考えている。

ここにぜひとも再録しておきたいのは、草月会館で「あんま」の公演を観た一フランス人の次のような的確な観察である。

「半陰陽の道化者に扮したヒジカタとその弟子は、半時間ものあいだ、ときたま彼らのグロテスクな象徴物をちらりと垣間見せる、ぎくしゃくしたポーズをあれこれ示していたが、やがて突然、着ていたユカタの裾を太股の上まで捲くりあげて、からだを突っぱらせたかと思うと、次いで厳粛な動作で、股間に垂れたゴムの袋を唇の高さまで持ちあげ、その歯で袋を噛みやぶって、気味のわるい桃色の液体をほとばしらせたのである。それから彼らは二人とも硬ばった姿勢のまま、軍隊式の敬礼をしながら、助手に運ばれて舞台から消えたのだった。」

このとき、草月ホールの床には畳が敷いてあって、石膏で白塗りになった男たちが、その畳を持ちあげたり引っくりかえしたりして、滑稽な動作を示していたことを私は思い出す。

七〇年以後の土方巽、すなわち土方巽の後期を特徴づけるのは、一つは一種の日本回帰であり、もう一つは芦川羊子という掛け替えのない協力者を得ることによって実現した、彼女を中心とした女性舞踊団の活躍であろう。もともと土方巽には、彼の東北における幼児体験に根ざすものと思われる、「ねえさん」とか「おばあさん」とかいった独特なイメージに対する偏愛があるので、日本回帰とともに大地母神の足下にひれ伏したとしても不思議はなかった。「静かな家」は吉岡実の詩集の題名だが、この土方巽の文学好きだけは相変らずといってよかろう。私が日本回帰というのは、ことさらカンザシを挿した着物すがたの瞽女《ごぜ》みたいな女を登場させたり、東北の風物とおぼしきものを舞台装置に使ったりするからで、他意はない。ただ、この後期の土方ダンスは神経の張りつめたような、おそろしく動きの緩慢なものとなり、あたかも超スローモーションとなった能の所作を思わせた。「舞踊とは命がけで立っている死体である」という有名な土方ダンスの基本テーゼが生まれたのも、按ずるに、この後期であろう。

私は舞踊と書き、あえて舞踏と書かなかった。どちらでもいいようなものだが、少なくとも初期にはもっぱら暗黒舞踊の呼称が用いられていたからであり、また土方巽自身も、私との会話では必ず「舞踊」という表現を使っていたように記憶するからである。

ここで土方巽の出自を簡単に記しておく。一九二八年三月九日、秋田県秋田市泉八丁に生まれる。生家は半農のそば屋で、十一番目の子どもだったという。幼児のころ、農繁期には飯詰《いづめ》という一種の籠に入れられて、田んぼのほとりに朝から晩まで置いておかれた。また水瓶のなかの水を鎌で切ってあそんだ。東北の凍えた世界、寒いので手脚をちぢめた生活が、後年の土方巽の肉体における踊りの自覚を促すことになったというが、なるほど、それは暗黒舞踊の出発点にも通じるように思われる。古典バレエがひたすら大地から飛翔することをめざしているとすれば、土方ダンスはつねに大地から足を離さず、好んで重力の支配する空間に限定されているように見えるからだ。ニーチェは「重力の魔」から解放されることをしきりに願ったが、東洋人である土方巽には、むしろ重力は敵対すべき相手ではないように見える。

敗戦後、まだ焼跡の残っている東京へ土方巽が秋田から出てきたのはいつのことか、くわしくは私も知らない。いろんな商売もしたらしいし、何人かの教師についてクラシック・バレエの練習もしたらしい。生来のミスティフィカトゥールであり、自分のまわりに好んで神秘の雰囲気をつくる土方巽は、多くを語りたがらない。死んだ舞台装置家の金森馨とか、アメリカへ行ってしまった画家の河原温とか、これもアル中で死んだ画家の黒木不具人とかいった連中が、最も早い時期の土方巽の友人だったらしいが、その時分には私もまだ知り合っていない。しかし前述のように三島由紀夫に紹介されてから、私は土方巽と急速に親しくなり、そのころ横浜のアパートに住んでいた彼はしばしば鎌倉の拙宅へ足を向けるようになった。

それからの約十年間、すなわち私の六〇年代と呼べるような時期、私は土方巽からいかに多くの刺激を受け、いかに多くの貴重な体験を共にしてきたことであろう。六五年の公演の題名が「澁澤さんの家の方へ」となっているのを見て、あるいは奇異の感をいだくひとがいるかもしれないが、これは要するにプルーストの「スワン家の方へ」というのと同じ用法だと思えばよいであろう。事程さように、私は一時期、土方巽と深く結ばれていたのであり、アスベスト館と称する目黒の稽古場へはさしずめ木戸御免といったところだった。酒席を共にしたことは数えきれず、房総の海や、軽井沢や、京都の稲垣足穂邸にも同行しており、三島由紀夫が死んだときには、警戒厳重な馬込の三島邸へ一緒にお焼香しに行ったものであった。しかしまあ、こんなことをいくら書いても切りがないから、このへんでやめておくことにしよう。

私は、土方ダンスの窮極の理念は、バタイユ的な意味での生の非連続性の表現ということにあるのだろうと自分で勝手に思っている。古典バレエがいかにもヨーロッパ起源のものにふさわしく、ゴシック寺院のように上へ上へと垂直に伸びあがろうとするのに対して、暗黒舞踊は頑固に大地に踢踏することをやめない。また、ヨーロッパでは肉体のエネルギーはリズミカルな運動というかたちで表現することしか知られていないが、暗黒舞踊はこれを断絶、衰弱といったようなかたちにおいても立派に表現し得ているのである。これが土方巽という天才の発見した、まさしく日本の風土に根ざした踊りの形式ではないかと私は思っているのだ。

土方巽の創始した暗黒舞踊は、私たちが熱いまなざしで見守っている創始者自身の今後の活動がどうあるにせよ、かならずや無限の可能性をもって、若いひとたちのあいだに継承されてゆくにちがいない。もし土方巽が復活するとすれば――これは考えるだに興奮と戦慄を誘うが――おそらく彼は「重力の魔」を手なづけた、新しき日本のツァラトゥストラとして復活するのではないだろうか。ニーチェの『ツァラトゥストラ』のなかの次のような言葉を読むと、私はあたかも土方巽の言葉を聞く思いがするのだ。

「私の教えはこうだ。いつの日か飛ぶことを学ぼうと欲するものは、まず立ち、歩み、走り、よじ、踊ることを学ばねばならぬ。――飛んで飛翔に達することはできぬ。」

透明な鎧あるいは様式感覚

加山又造氏の女は、衣裳のすべてをぬいでも、透明な鎧を着ているように見える。画家の視線が、女体の内面へ入っていこうとするのを、透明な鎧のような肌の表面で、きっぱりと拒んでいるように見える。

むろん、これはモデルたる女性の側の問題であるよりも、むしろ対象に向かう画家の態度の問題であろう。対象の価値をより十全に生かすために、加山氏はあえて、みずからに禁欲主義の束縛を課するのだ。じつは加山氏のほうが、内面へ分け入ろうとする視線を潔癖に抑え、それを対象の表面だけに限っているのではないか、という気がする。

つまり私の言いたいことは、こういうことだ。加山氏の裸婦は、伝統的な画家の描く裸婦にありがちな、感情でずぶずぶの、ぼってりした、情緒たっぷりの、脂粉の匂いがこびりついたような、内面から溢れてくるものにどっぷり浸された裸婦ではないのである。加山氏の裸婦は、内面と外面とを峻別した裸婦なのである。

「衣裳をぬぎ、人間から裸女に移ると、彼女らは実に美しく、そして実に無表情な微笑を造りながら、優雅に自己の宇宙をのぞき込みはじめる」と加山氏は書いている。加山氏自身は、裸女の内部の宇宙をのぞき込もうなどといった、大それた望みは決していだかない。それは彼女たちに任せておいて、加山氏自身は、卵のように内部に宇宙空間を蔵した裸女の外面を、禁欲主義的な線でもって、丹念になぞるにすぎない。薄い卵膜をこわさないように細心の注意をはらいながら。

視線を外面だけに止めたおかげで、裸婦の肉体のエロティシズムが生かされたのである。それはエロティシズムと言ってよいかどうか、じつのところ、私にもよく分らない。女という対象物によって規定された、一つの純粋な様式感覚の結晶であるかもしれない。少なくとも、ここには生々しい体臭や肉感は何もないのである。

加山氏の裸婦百態をよくよく眺めてみると、おもしろいことに、あの古代ギリシア以来のウェヌス・プディカ（恥じらいのヴィーナス）の姿勢、つまり乳房やセックスを手で隠した姿勢をとっている女が、ひとりも見当らないのである。彼女たちは、すべて無心に奔放に肉体を開いている。そこで一見したところ、彼女たちはひどくクールに見えるし、モダーンに見える。たとえば石本正氏の裸婦と、そこが完全に違う点であろう。一本の線で囲まれた女の肉体は、物であろうか、それとも観念であろうか。そんな疑問をいだかせるのも、加山氏独特の様式感覚のせいである。透明な鎧と見えたものは、この様式感覚の別名であったかもしれない。

城景都あるいはトランプの城

　だんだん馬齢を重ねてくるとともに、万事に好みがうるさくなってきて、いくら辞を低くして頼まれても、少しでも自分の好みにはずれた画家については、もう何も書こうという気がおこらない。めんどくさくて、ただ鬱陶しい気分になるばかりなのだ。そのかわり、あるとき、ある瞬間、ゆくりなくも自分の心の琴線にふれた画家については、どうしても書いてやろうという気分になる。勝手なものだ。しかし勝手に書く以外に、何をどう書いたらいいというのか。

　城景都の作品を初めて見たのはいつのことだったか、もう今ではよくおぼえていないが、その陶器の表面にあらわれた貫乳《かんにゅう》のような、独特な網の目にびっしり埋めつくされた画面に浮かびあがる女の幻影を目にしたとき、「あ、このひとのことなら書いてもいいな」と私は思ったものだ。あるパーティーの席でたまたま美術出版社の宮澤壮佳氏に会ったので、私はその気持を宮澤氏に伝えた。今から数年前のことである。宮澤氏はそれをよくおぼえていてくれて、このたびの画集のために、とくに私の執筆を求めたのである。

　こういう縁で結ばれた画家との関係を、私は別して喜ぶものだ。なぜなら、私は結局のところ、その画家について自発的に書こうという気になったにひとしいからだ。

　前置きはこのくらいにして、次に城景都の作品のことにふれよう。

　先にも述べたように、城景都の銅版画の何よりの特色というべきは、その陶器の貫乳に似た罅《ひび》割れの表現にあるが、私はこれが決して恣意的なものではなく、いわば画家の幼児体験に根ざした必然的なものだということを聞き知って、ある種の感銘をおぼえたことを報告しておきたい。いったい、この罅割れは何からヒントを得たものか。私の質問に答えて、城景都はほぼ次のように述べたのである。すなわち、自分は幼いころから植物などの細密描写をすることが大好きだった。罅割れのモデルは、じつは葉脈なんです、と。何のためらうところもなく、あっけらかんと答えた画家の表情は晴れ晴れとしていた。

　なるほど、そういえばルドンも、植物の世界に親しむことから表現の端緒をつかんだのであり、植物のモティーフはルドンの銅版画のなかに、いくつとなく発見することができるのである。城景都の絵にも、似たようなものを私は感じる。とりわけ「女の学問」シリーズにふくまれる油彩画の何点かには、たけだけしい熱帯植物のような蔓草がうねうねと伸びて、その芽や花や果実が、女の肉体と同化しているような幻想が見られる。いわば女も植物のように、生長し開花する有機的な自然として画家の目にとらえられているのだろうと私は思った。

間違えてはいけないのは、城景都が観念や理論から出発する画家ではなく、あくまでおのれの手の運動から出発する画家だということだろう。子どもが無心に線を引くように、彼は画面に手の運動の跡を刻みつけることを純粋に楽しんでいるかのようだ。イメージはみるみる増殖し、ディテールがディテールを生んで、画面はやがて空間恐怖というほど、とめどもない線の錯綜に覆いつくされてしまう。

鏤刻れの手法も、この空間恐怖の一つのあらわれと見れば見られないことはなく、細かな線の一本一本を丹念に刻んでいるとき、いかに彼は子どものような浄福に浸されていることか、と私は想像せずにはいられない。うらやましいようなものだ。

私が城景都の絵に否応なく惹きつけられるのも、つまりはそのためなのである。芸術家としての成熟を無意識に拒否して、彼は永遠の幼児性のなかで気ままに遊んでいる。いや、そもそも彼の頭のなかには、芸術家として成熟しようなどという、そんなみみっちい殊勝な考えは一瞬たりとも思い浮かんだことがなかったにちがいない。デッサンが多少は狂っていようとも、構図にいくらか無理があろうとも、そういうことには城景都の絵の魅力は一向に左右されないのだ。絵は一つの快楽である。それでいいではないか。形而上学なんぞ糞くらえ。城景都の絵は屈託なく、そう叫んでいるように見える。

しかし、それは必ずしも城景都の絵に形而上学がないということではない。私は「女の学問」というシリーズの題の卓抜さに一驚したものだが、こんなしゃれた題（なにやら十八世紀風、サド風な感じがするではないか）をつけることができるほど頭のいいひとの絵に、どうしてメタフィジックがないわけがあろうか。ただ、それは絵の背後で堰《せ》きとめられていて、あからさまに表面には浮かびあがってこないのだ。そこに覆いがたい欠点を見るひともいようが、私はむしろ、そこにこそ城景都の絵のマニエリスティックな好ましさを感じる。上品さを感じるといってもよい。

銅版画でエロティックな女を描く画家は現代日本に掃いて捨てるほどいるだろうか、城景都のように、そこに持って生まれた品のよさを漂わせている画家たるや、おそらく九牛の一毛にもあたるまい。

職人的で反アカデミックでありながら、自由に生きることによって身につけたかと思われる知性のひらめきが、その繊細な線の運動につねに随伴しているように見えるのも、私がこの画家の絵に惹かれる大きな理由の一つである。

表現主義風の重苦しさや曖昧さがなく、本質的に線の画家らしく、すっきりと明るい快楽主義の方向をめざしている点も、私の好みにぴったり合う点だ。

城景都のエロティシズムについては、私はあえて何も語らなかった。わざわざ語るまでもあるまいと思ったからである。もっとも、それを抜きにしては、今まで私が述べてきたことも、すべてその基盤を失って、トランプの城のようにばらばらと崩れてしまうことになりかねないだろう。

みずからを売らず
――秋吉巒について

その生涯に個展を一度もひらかず、自作の絵を一枚も売ったことがないという、完全な無名性のうちに好んで逼塞していた秋吉巒なる特異な画家に、私が興味をもったとしてもふしぎはあるまい。昨年五十八歳で世を去るまで、戦後三十六年間、彼はいかなる鬱屈した思いとともに生きていたのであろうか。

大正十一年生まれの秋吉巒は、いわゆる戦中派の世代に属すると見てよいであろう。生まれは旧日本帝国支配下の朝鮮で、最終学歴は京城商業、敗戦までに二度ばかり召集されている。しかし敗戦の年に九州に引き揚げてから、さらに戦後の東京へ出てきて、彼がどんな生活をしていたかを私はまったく知らない。聞くところによると、或る種の雑誌に挿絵を描いて生計の資を得ていたという。

その作風を一言のもとに要約するならば、通俗シュルレアリスムといったようなものだ。私はあえて通俗と呼ぶが、この通俗という言葉に、いささかの羨望をこめていることを承知していてもらいたい。実際、ここまでぬけぬけと自分の夢に溺れることができた画家は、その絵が売れようと売れまいと幸福だったのではあるまいか。売れようと売れまいと？　いや、それどころか彼は自分の絵を一枚も売ろうとはしなかったのだ。画壇とも画商の世界とも完全に断ち切れたところで、彼はひたすら自分の夢をつむいでいたのだ。

私は前に、鬱屈した思いと書いた。秋吉巒の生涯を考える場合、どうやらこの言葉は取り消したほうがよさそうである。

平出隆『胡桃の戦意のために』

平出隆の新しい詩集『胡桃の戦意のために』を読んで、そのみずみずしい言葉づかい、その尖鋭なリリシズム、そして時にはユーモアもある、その知的なレトリックに大いに感興をもよおした。私が詩集に感動するなんで、近来めずらしいことである。

この作者には性来、一種のやみがたい秩序感覚のごときものがあって、それが詩集をつくるとき、全体と部分との係わり合いを一つの装置として提示せずにはいられなかったのではないか、といった印象を受けた。この詩集は、全体がごく短い百十一の断章に分けられているのである。

多面体の箱みたいな一つの装置があって、抽斗がたくさんついており、ある抽斗をあけると、そこには石みたいな言葉がごろりと横たわっており、また別の抽斗をあけると、そこには雪の結晶みたいな観念がひっそりと息づいている。抽斗をあけたとたん、ぱちんと破裂して消えてしまう観念もあれば、虫みたいにのろのろと這い出す言葉もある――そんな工夫の凝らされた、言葉と観念のあらゆる詩的形式をあつめた、一つの装置のように見える詩集なのだ。

こう書くと、いかにもスタティックな印象をもつひとがいるかもしれないが、そうではなくて、断章のそれぞれは一本の螺旋のように、地下鉄道のように、あるいは網状をした胡桃の殻のように、互いに虚と実を逆転させながら連結し合っているので、意想外な意味上の奥行やら陰影やらを際立たせつつ、全体はきわめてダイナミックに統制されている。そこが何よりもおもしろく、一つのすぐれた独創だろうと思われた。

胡桃というのは、なんのメタファーだろうか。いやいや、そんなことを考える必要はないだろう。それでもJuglansという呼びかけに、私などはどうしても甘美なものを感じてしまうし、この「完璧の鈴」胡桃は、詩集の最後ではあえなく割られてしまうらしいのだ。Juglansの出てくる断章は三つあって、そこでは文章はもっともリリカルに昂揚しており、いずれも私には好ましい。そのほかに好ましい断章をあげるとすれば、「37」「57」「89」「92」あたりだろうか。

それにしても、作者の計算はじつに見事に行きとどいていて、断章から断章への軽やかな展開には、しばしば唸らされるものがあった。

ちなみにいえば、Juglans はラテン語の胡桃であり、語源的には Jovis glans つまり「ジュピターのどんぐり」から由来している。作者が意識したかどうかは知らないが、glans にはまた亀頭の意味もあることを申し添えておこう。

初版あとがき

「男の食の雑誌」と銘打たれた季刊誌に創刊号から六回にわたって連載した、ガストロノミーに関するエッセー「華やかな食物誌」を中心として本書はまとめられた。こんなテーマでエッセーを書いたことはめずらしい。といっても私のことだから、まともな食物誌ではなくて、あくまで奇想の食物誌といった趣きのものになってしまった。そのせいかどうか、雑誌は六号で早くも休刊になってしまった。

第二部はヨーロッパの美術について、第三部は日本の美術について、そして第四部は現代日本の舞踊家や画家や詩人についてのエッセーである。十年近く前に書いた「ヴィーナス、処女にして娼婦」をのぞけば、いずれも最近数年のあいだに執筆したものばかりである。

私のエッセー集として、これまでにあまり例がないように思うのは、本書に未発表のエッセーが二篇おさめられているということであろう。すなわち「アタナシウス・キルヒャーについて」と「シュヴァルと理想の宮殿」である。いずれも求めに応じて書かれたものだが、出版社側の都合で掲載されるべき本が出なくなって、宙に浮いてしまった原稿を新たに活字にしたものだ。

四年前に出た『太陽王と月の王』につづく、本書は大和書房から出してもらった私の七冊目の単行本である。最初に出た『長靴をはいた猫』から数えれば、大和書房とはもう十年以上の付き合いということになる。いささか感慨なきをえない。

昭和五十九年七月

澁澤龍彥

初出一覧

華やかな食物誌　季刊「饗宴」（婦人生活社）第一号（昭和五十五年十二月）から第六号（昭和五十七年三月）まで
ヴィーナス、処女にして娼婦　「芸術新潮」昭和五十年十一月
ベルギー象徴派の画家たち　「みづゑ」昭和五十七年十二月
アタナシウス・キルヒャーについて　未発表
シュヴァルと理想の宮殿　未発表
ダリの宝石　「奇蹟のダリ宝石展図録」昭和五十九年三月
建長寺あれこれ　『古寺巡礼東国3　建長寺』（淡交社）昭和五十六年十一月
蕭白推賞「みづゑ」昭和五十八年九月
絵巻に見る中世　『アート・ジャパネスク7　絵巻と物語』（講談社）昭和五十七年十二月
私と琳派　『アート・ジャパネスク14　琳派の意匠』（講談社）昭和五十七年六月
私と修学院離宮　「毎日グラフ別冊」昭和五十八年十一月
六道絵と庭の寺　『美しい日本20　庭園百景』（世界文化社）昭和五十七年
観音あれこれ　「太陽観音の道シリーズI」昭和五十九年二月

「ばさら」と「ばさら」大名 「エッジ」(学研)創刊号昭和五十八年十一月
土方巽について 土方巽『病める舞姫』(白水社)昭和五十八年三月
透明な鎧あるいは様式感覚 「芸術新潮」昭和五十三年九月
城景都あるいはトランプの城 城景都『花の形而上学』(美術出版社)昭和五十九年三月
みずからを売らず 秋吉巒遺作展パンフレット(青木画廊)昭和五十七年十月
平出隆『胡桃の戦意のために』「週刊読書人」昭和五十八年五月十六日

単行本『華やかな食物誌』一九八四年一〇月　大和書房刊

新装版
華《はな》やかな食物誌《しょくもつし》

一九八九年九月四日　初版発行
二〇一七年七月二〇日　新装版初版印刷
二〇一七年七月三〇日　新装版初版発行

著者　澁澤龍彦《しぶさわたつひこ》
発行者　小野寺優
発行所　株式会社河出書房新社
〒一五一－〇〇五一
東京都渋谷区千駄ヶ谷二－三二－二
電話〇三－三四〇四－八六一一（編集）
〇三－三四〇四－一二〇一（営業）
http://www.kawade.co.jp/

ロゴ・表紙デザイン　粟津潔
本文フォーマット　佐々木暁
本文組版　KAWADE DTP WORKS
印刷・製本　中央精版印刷株式会社

Printed in Japan　ISBN978-4-309-41549-9

極楽鳥とカタツムリ

澁澤龍彥　41546-8

澁澤没後三十年を機に、著者のすべての小説とエッセイから「動物」をテーマに最も面白い作品を集めた究極の「奇妙な動物たちの物語集」。ジュゴン、バク、ラクダから鳥や魚や貝、昆虫までの驚異の動物園。

ヨーロッパの乳房

澁澤龍彥　41548-2

ボマルツォの怪物庭園、プラハの怪しい幻影、ノイシュヴァンシュタイン城、骸骨寺、パリの奇怪な偶像、イランのモスクなど、初めての欧州旅行で収穫したエッセイ。没後30年を機に新装版で再登場。

神聖受胎

澁澤龍彥　41550-5

反社会、テロ、スキャンダル、ユートピアの恐怖と魅惑など、わいせつ罪に問われた「サド裁判」当時に書かれた時評含みのエッセイ集。若き澁澤の真髄。没後30年を機に新装版で再登場。

エロスの解剖

澁澤龍彥　41551-2

母性の女神に対する愛の女神を貞操帯から語る「女神の帯について」ほか、乳房コンプレックス、サド＝マゾヒズムなど、エロスについての16のエッセイ集。没後30年を機に新装版で再登場。

澁澤龍彥訳 幻想怪奇短篇集

澁澤龍彥〔訳〕　41200-9

サド、ノディエ、ネルヴァルなど、フランス幻想小説の系譜から、怪奇・恐怖・神秘を主題に独自に選んだ珠玉の澁澤訳作品。文庫初の『共同墓地』（トロワイヤ）全篇収録。

澁澤龍彥訳 暗黒怪奇短篇集

澁澤龍彥〔訳〕　41236-8

珠玉のフランス短篇小説群をオリジナル編集。『澁澤龍彥訳 幻想怪奇短篇集』の続編。シュペルヴィエル『ひとさらい』のほか、マンディアルグやカリントンなど、意表を突く展開と絶妙な文体の傑作選。

著訳者名の後の数字はISBNコードです。頭に「978-4-309」を付け、お近くの書店にてご注文下さい。